愛琳的日記

張秀亞 著

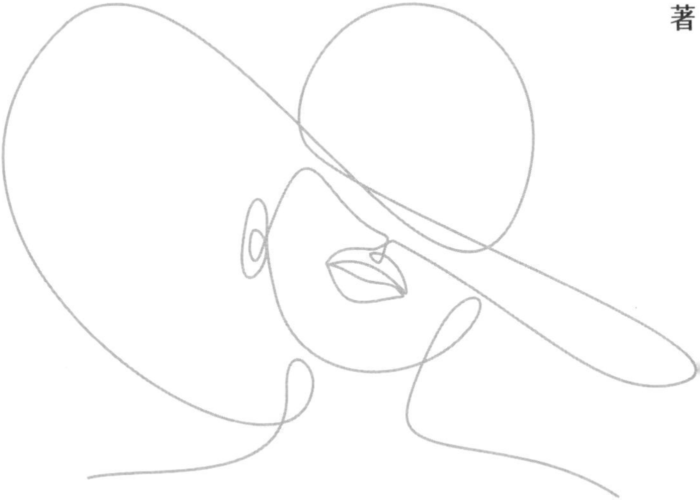

三民書局

代序

母親手中的筆——尋覓美之最高境界

于德蘭

愛琳！多麼美的名字，「愛琳是誰？」許多讀者寫信問我母親這個問題。愛琳是滄海人間的一個人，也是很多人的影子，讀者們可去思索，即使走過人生的荊棘，母親用筆點寫出來，主要傳達給讀者的信息是：「活著，畢竟是可讚美的。」

母親是在中部舊宅中寫出《愛琳的日記》裡的篇章。她愛那老宅木屋，那風雨中搖晃多語的門窗，愛鄰近的人和物……。要不是當年因我們兄妹倆北上求學，她返母校輔大教書，之前她從未有過他遷之念。還好母親書內這些純樸佳美的故事，向讀者們細細道來，一起回味那段值得憶念的時光……。

她以一些意象、幻思邂逅，許多憶念及想像融合生活現況綴出夢之綠原，形成一篇又一篇流暢動人的散文，小說及詩……，她將讀者帶入一澄明的湖邊展卷，母親自詡為美之境界的拾荒者。

母親由初中時即開始向各大報投稿，一生近七十年的創作文學生涯。她純真有赤子之心，用字典雅、雋妙、生動，有哲思及詩情；她全心全力投入寫作，有自己的作品風格；她寫出的每篇文章都是審慎幾讀通過才寄出，說她寫出的字字句句都是嘔心泣血之作也不為過。母親文章得到廣大讀者喜愛及反響，是她一生最快樂的事。

名詩人、名編輯瘂弦先生說：「張秀亞以不到三十歲的年紀將美文這支火把帶到臺灣，四、五十年代創造了文學史上空前未有的女作家活躍時代，張秀亞在那個時代有引領的作用，為燃燈者。沒有張秀亞，美文不會出現也不會有年輕的美文作家。她是承先啟後的推手。」他並說：「張秀亞每篇文章都可入教科書中。她是真正的美文大師。」

因母親的作品不但可提升讀者美的心靈境界，亦給予失望的人力量及帶來希望，她以文字鋪陳出的是一塊沒有任何汙染的文學淨土。

現今世界變了，即使人心也變了，但真理不會變，值得一讀再讀的好的文學作品，更是亙古常新不變的。

母親曾說：「每一位藝術家的生命是一支歌。」母親一生用心以文字為讀者們唱出了優美動人的歌……。無論在任何世代，希望細心的讀者們都感受到這些美文的芬芳，追求更高的文學境界，體會到生命的真諦，每位心中也唱得出一首好歌，使人間更為可愛美好！

寫在《愛琳的日記》四刷付印前夕

這本書是我卜居臺中市時寫成的，時光如駛，幾年已經過去了，在四刷付印之前，我將它拿在手中重讀一遍，也重新溫習了一下過去的經歷與感情。

那時候，我住在接近郊區的一棟木屋中，那就是書中〈老屋與貓〉一文的背景。那房子雖然簡陋，但我對它仍有一份深厚的感情，我記得那雨點落在芒果樹上的聲音，沙沙的微響有如舊友的絮語，我記得那中午的日影緩緩的移過生苔蘚的石階，我記得院中那在晨光中托著牛奶杯的小茉莉，……這一切渲染了我生活的畫面，那幾年——在木屋中居住的那幾年，也許是我一生中最快活的時光了。而那木屋內外，在西風中多語的門窗，那半堵要待櫸樹修補的牆垣，那為煤煙燻得黑黝黝的廚房中壁燈的罩子，處處使我聯想到歐文（W. Irving）筆下的古老宅院，昔日那些聚於斯、食於斯的人們，他們遷來得比我早一些，離去得也比我早一些，我雖未及見他們，但在那些煤煙燻燎的痕跡中，我似乎聽到了他們的聲音，看到了他們的影子，而生出無比的親切之感，我在這簡陋的小屋中發現了傳統所留下的芳香以及家庭中特有氛圍，我日日沉酣其中，而不思他遷。

在這幢木屋中，我日日以寫作自遣，我曾將一個文藝工作者譬喻為珊瑚女工，一日日的她用全部的心力來製作那顆顆晶瑩的珊瑚，務使它圓潤、優美，她不惜以自己的汗與淚來潤澤它，使它由內至外閃現出奇光。等到她將琢磨好的珠顆送走，再開始去琢磨另外的一些，正像雪萊所說的，將快樂與美贈給讀者，將辛苦留給自己。

這本《愛琳的日記》中，留下了我在臺中木屋中生活的紀錄，以及在那小窗前雕成的珊瑚珠串。我願以之贈給讀者朋友們以及遠近的知音。

民國五十七年七月　　張秀亞

題詞

給予比接受更有福，神呵，讓我做個有福的人吧，給我機會，給我勇氣。以我自己做榜樣、平和、寧靜、無怨、無嗔，像那路邊的松樹，山頂的白雲，依草的花片一般，在生存的一剎那，展現出詩與真來。讓我和那樹那花一齊歌唱吧：

「活著，畢竟是可讚美的。」

節錄自本書中〈愛琳的日記〉

寫作二十年（代序）

悲多汶說：「文學便是心靈向心靈的傾訴。」但從事寫作有時實在是一件痛苦的事，因為你一邊搖著筆，一邊情不自禁的會想：是否有人在傾聽著我？

寫作，在一篇小文章中我曾喻它為「窄門」，要想走進這道窄門，勢必拋棄了一切。但我早已拋棄了一切，至今卻仍在門外踟躕徘徊，時光的風輪並不等待我，二十年的時光已經過去了。

適間無意中在一本舊書裡發現一張變黃的報紙，那張報紙上的文藝欄中，印著一首這樣的小詩：

年老的手杖敲響了街心，
舊履輕拍著寂寞的路，
憂愁使這條路變得比平日遼遠，
他還有比路更長的思念。
一隻鳥兒向雲裡飛，
灰色的翅膀負著夜的黑，
眼睛在棕色的帽簷下逡巡，
一個疲憊的旅人，
沐浴著路燈的光，
倚著樹身。

這是我的第一篇作品，發表在二十四年九月十六日天津《大公報》的文藝欄（那時這一欄叫做「小公園」）。這在我是寫作的開端。那時候我正在初中讀書，對文學有無限的迷戀。記得那是一個夏天的晚上，家人都睡去了，只有花壇中的茉莉，在幽暗的夜空氣中吐發著淡香，月色正在牆頭展開它銀色的肩巾，牆外池塘中，是一片蛙聲的急管繁絃，我靜靜的坐在院燈的微光下面，伏在一張小桌上，看著天邊流星眨眼，想到早晨看到一張畫中的情景，寫成了那首小詩。寫出去後，很快的就被刊出來了，更得了八枚銀圓的稿酬，這在我真是無比的鼓勵。我終日除了上正課以外，大部分的時光及精力，皆「投資」在寫詩上面了，同時，我讀了一本法國莫洛亞著的《雪萊傳》的中譯本，詩人的生活，引起我的心羨，並且也時時有意的徹夜不眠，為了在鏡子中可以尋到一張蒼白的孩氣的面孔，呵，「蒼白」的面色，不就是一個詩人的特徵嗎？就為了一心要做個詩人，我常是不眠不食，苦苦吟哦，兩年後，一場大病，幾乎死去，那以後，我才漸漸明白病態的身心正如病態的文字，是不值得去加意仿製的。

課餘之暇，我也常倚立在蕭蕭的白楊樹下，望著噴水池中濺發的銀亮水花，做我無邊的文學綺夢。我的童稚的心中，充滿了瑰麗的幻想，也似瀰漫著無邊的哀愁。這時候，一個陌生人的影子，突然闖入我幻想的邊緣。

那人是一個文藝工作者，那時正主持著一個大型文藝雜誌的編務，我也偶而以不成熟的詩文投寄去，一些些溫暖的鼓勵與嘉勉，一札札贈送的稿紙和書報，在一個孩子的心中，便有了極大的分量，當時我覺著似乎在他的箋紙上看到黎明的霞雲了，甚至將這個陌生的未謀一面的編者，當作文藝之神的化身。那時我只有十幾歲，心地是無比的純潔，雖然天真的靈魂一度感到痴迷，但實際我所傾心的只是一個遙遠的夢，而非一個人間的「人」，我並不需要看見他，我也曾拒絕到天津倫敦道去看他。我只是更努力的在紙上寫著，寫著，……我寫，只是為了使那「文藝之神」可以看到，可以修改。有時候他的編務繁忙，疏於給我作函及改稿，我便立即感到意懶心灰，拋去了那枝筆，覺得它似乎有千鈞之重，再也無力提起了。一直到他再熱切的來信催促：

小姑娘，你要努力寫下去呀，才提起筆來就又放下，像什麼話呢，你已經有了一個極可喜的開端了，你應該使你創作的火焰一直燃燒下去。你應該多寫，寫得更好。寫完後，應自己多看幾遍，多改幾遍，我願在寫作上和你共勉，但不可指望著我為你修改，寫作，應該是你神聖的工作。

他是如此的態度嚴肅，神情和藹，至今我似乎仍聽到他那琅琅的語聲（他的百來封談寫作的小箋，我仍保存著）。他以一隻充滿了溫情與善意的手，將我指引進那典麗華貴的文藝廟堂，他對我寫作上指示的三點：嚴肅、認真、獨創，至今仍是我寫作的南針，我一直也不曾去會見這個人，這個在文藝上的啟蒙師，但是他給予我寫作上的影響既深且鉅，向著遠天的白雲，我寄上無限的感激與祝福。

高中畢業的前一年，我已經寫了不少篇的詩文，雖然幼稚依舊，但我已能經常為當時幾個報紙及雜誌寫稿了。在那年暑假開始，我忽萌奇想，一定要去開拓生活的天際線，我覺得家中的小天井限制住了我，一個文藝工作者，一定要在風雨中度著流浪生涯，才能領悟生活的真味，才能寫出動人的作品，我當時並不曾考慮自己的年齡、學識及當時環境，而毅然決然的帶了一小束行李，幾本文藝書籍，離開了天津的家，到北平去「流浪」了。至今思起，當時在一個女孩子那確是樁冒險的事。幸而那時有一個堂姊也在北平讀書，她在車站上迎接到我這個小小的流浪人，並將我安置在一家女子公寓裡，但第一天我即感覺到流浪生活的澀苦，守著一枝蠟燭，聽簷雨滴答，直到天明。在居留那古城的半月中，我曾拜訪了我當時崇拜的作家凌叔華女士，在她那裡，我受到親切的招待，她在文學藝術上有極大的成就，她的一句一字至今猶在我的生活中閃著奇光。十多天後，又在堂姊的護送下，我帶著幾本買來的文藝名著及一尊維納絲的胸像，回到了天津的家中，慈愛的母親以含淚的微笑，歡迎我這流浪的孩子歸來。對文藝的熱愛，使我這多幻想的孩子插了翅膀，但外面天寒風冷，我終於又記起了慈母懷中的溫暖。

放棄了流浪者的美夢，我仍丟不開對寫作的憧憬。飄流在外的兩週，既不曾掇拾到什麼驚心動魄的題材，我開始喜愛了田園作家們的作品，而試著加以模仿，我開始回過頭來在童年的回憶中尋求材料了。十歲前鄉居生活的片斷，故鄉的舊宅，以及籠罩著它的神祕氣氛，還有那古老的祠堂，它後面成林的杏樹、棗樹，樹下跳著的村姑，同那浴著落日微光歸來的浣衣女，都成了我敘寫的對象，但因對那些曾點綴自己生活畫面的人及物所知並不深刻，也從不曾付予真摯的感情，所以寫來也只是浮光掠影，只是些閃著亮光的玻璃珠而已，但為了這些，已消耗了我將近六七載的少年時光，也許有人認為這是鍛鍊技巧的初步吧，但我始終以為那是生命可怕的浪費。文學、文學，古今不知多少人像我一樣，曾痴迷的為它付出了一切，到頭來也和我一樣，深感它的遙遠難追！

多投了一些稿，發表了一些不成熟的詩文，我也漸漸結識了一些文友，其中一個就是詩人羊羽，她那痴憨的笑容，至今猶閃爍在我的記憶中。她常常寫詩，詩句更常以「你」字開頭，當我曾笑問她這些你字都代表的是誰？她的眼睛中閃動著美麗的光芒：

「這些『你』字都說的是你呀！」

在一個秋日的清晨，在天津的寧園，我們曾在水上泛舟，她以木槳輕拍著水面，語調低沉的向我說：

「你努力寫吧，能向遠處走，最好離開這氣壓太低的地方，……我對自己有個不幸的預感——我會死去的。」

一隻螢蟲在水上低低飛過，水霧在淡月的光影下，變得更為白濛濛的，我當時不知她為什麼突然會說這樣的話，後來，在日軍占領華北以後，她果然為了曾寫愛國詩篇而被捕，終於瘐死獄中，她以身殉詩，更以身殉了對祖國的愛，在近代詩史上，要算是第一人了。我此刻默默的背誦著她的絕句：

「我有無窮憂鬱，自白雲飛來」而感到無限的悲哀。詩人皆是有真性情的人，羊羽不曾教我寫詩，但她教給我比詩更美的一個字「真」！

我中學畢業後，考入北平的一個教會大學，為一些宗教文化機構，寫了幾個小冊子，譯了一些西洋雜誌上膚淺的小說，也寫了一些詩文，在校刊上發表，那些短小的篇章，反映出我當時心理上的迷茫。記得其中一篇散文詩的內容約略是：

一天，我似在一道迴旋的玻璃樓梯上走著，對面來了一個女孩子，她穿著藍色的衣裳，長髮飄拂，眉目間似是深鎖著憂鬱。我問她是誰，她只微微一笑，並不回答，我再問著：

「你是誰呢？」

她仍然默不作聲。

寂靜的空氣中，卻傳來鳥鳴一般細碎的聲音：

「你自己，你自己，還是你自己。」

這聲音本身好像是插了翅翼的，飛了過來，又飛了過去。這原來是我自己嗎？何以對我是如此的陌生？我們一向是忙著去了解別人，卻忽略了自己。我們一向忙著以心智的三稜鏡去分析別人，卻忘了去認識自己……。我想著想著，不覺入神了，一跤跌下了那迴旋的玻璃樓梯……。我驚悸的醒了過來，發現手中的圓鏡已掉到地上粉碎了。

這是一篇短小的散文詩，代表著我一個時期的文章風格——多幻想，缺少著樂觀的情調以及現實主義的色彩。像法國批評家聖佩甫所說的：「科學、觀察的精神、成熟、力、一點點嚴酷……」都是我的文字中所缺乏的。我有的只是：詩、夢幻、荏弱、一點點對人的同情與溫愛。我的失敗處，也是我文字的缺欠，一句話——正如佛羅貝所說的：「我厭惡現實。」

我愛的是自然，對大自然的愛好，自幼時一直保持到現在。人間的一切會給你歡笑，但那歡笑裡面含有著毀滅，物質上的一切會予你剎那的幸福之感，但那一刻的幸福背後，卻跟蹤著滿船的不幸。能予人永恆快慰的，只有那時時微笑著的大自然的慈母。它永不會太偎近了你，也永不會太遠離了你，它展現在你的面前，它呈示在你的夢中，它對你的溫愛，表現在似有若無的山色，如泣如訴的水聲，花開花落，白雲舒卷之中，總是那麼似遠實近，似近又遠，你無法再更接近它，但卻無時不為它環抱著。大自然這麼多年來，一直是我的慈母，我的愛者，有一個作家曾說過：

「小黃花瓣裡，重新出現不朽的真理。」

這真理就是我至今仍苦苦追求的，在那荒原上的一葉一花之中。

我曾經作過一支小歌，其中有幾句是：

我至今仍在人生的幽徑上漫步，
尋覓著那淡色的小花中所含蓄的真理。

在人生的小徑上蹉跎愈久，我更了解寫作的素材，要向人海的幽深處去覓尋。我遂有意的放棄了描寫幅度廣闊的世相，而開始向宇宙的深邃蠡測。我發現：自任何的方寸之地，皆可能尋到富麗無比，沉埋已久的龐培城。正如詩人愛默生所說：「一滴水是一個海洋，一粒塵是一座丘山。」而同樣的，也可以說，自一顆素樸真摯的心靈，你可以尋到最動人的瑰麗的故事。

近年來，鄉居埋首，我更研讀了一些如美國小說家安德森的作品，他的文字，似比愛倫坡以及吳爾芙夫人更進了一步。他寫得是何等纖細，何等瑣碎，然而，是何等的動人。他不寫戰爭，他不寫愛情，凡是一些從前作家們認為可以汲取的題材，他都一概加以摒棄，他寫著心理病態者的一隻手，他寫著一個無聊的鄉村醫生袋中的一個紙團……是的，一隻怯怯的蒼白而顫抖的手，一個揉得皺了的小紙團，他以之為中心，而刻劃出那些卑屈的、可憐的小人物的心理，如此深摯，如此感人，如此引人入勝。他的藝術手法，即使不能稱為化腐朽為神奇，至少也可以稱得起是化平庸為新鮮，我以為尋找那些遙遠的、怪異的事物並不是一個作者的責任，而實際上「近旁的事情和遼遠的事情一樣美麗」、「近旁的解釋了遙遠的」。一粒沙中見世界，也正是這個道理。

最近這兩三年來，在小說及散文的寫作上，我有意描寫生活中的瑣屑，那不是避重就輕，而是希望自生活的最微細處，反映出那顛撲不破的堅實真理。

在寫作上，我同時也極端注意字句的結構，所能表達的意象，以及形成的節奏。記得一個哲學家說過這樣的警語妙句：「大學的禮服、基金，也不能和最渺小的一個雋妙的字句對抗。」他這一句話語，已非大學的禮服和基金所能對抗的了。這句子中有兩個關鍵的字：「雋妙」，值得每一個作者付與絕大的注意。文章中的句子如同蠟燭，短小沒有關係，要的是它頭上搖曳的那一點光焰。這光輝，即是由作者的靈臺閃爍出的一點火星，照亮了作者與讀者心靈的角隅。

寫一篇文字時，即使是一首四行的小詩也罷，我不忽略對每個句子的琢磨，我注意每一個字在讀者心湖上的投影，如果既無光又無色，我就塗去了重寫，直到它勉強達到了我的要求。

記得在一篇寫作經驗中，我曾如是寫過：

一篇文字的富有生命，乃在文章節奏的生動，節奏是文章的脈搏，一篇文字的富有魅力，乃在於它在疾徐自如中有著進展，宛如水，不假人力、風力，自自然然的向前滑流，這節奏與進展，乃形成了文字的沛然盎然的生機。

沒有節奏的文字，是沒有脈搏的靜物；沒有進展的文字，是一灘死水。節奏，在利用文字的旋節，句法的長短，形成那份搖曳與生動；進展，則端賴流貫句與句中的思想有以促成，無此二者，文字雕飾得如何華美，如何色彩斑斕，也只是死水上的綠膩。

節奏，造成它的祕訣半在選字，半在擇聲；進展，形成它的祕訣，在於疏通思想的泉源，使它婉轉流溢於文句中，形成一種內在的、神祕的力量。

選字，在於把那年代磨爛了的字，賦予新的生命，這是使枯草轉綠，敗花成蜜的本事，也是造成自己文字特點的訣竅。其實，說來也無他，只是揀選那些最妥貼的通用的字——這一點，是美國作家哈茲里的說法，但難就難在怎樣使它合適而恰當，這靠了多讀，也靠了多想。

關於寫作的態度，我以為除了嚴肅二字以外，更無其他適當的字了，文字，不，文學的工作，是屬於靈智的活動，是以作者的心靈，面對人類的心靈，再訴諸讀者的心靈，它所能及的，以及它所面對的對象是如此的崇高，一點點的輕忽與鬆懈，都是褻瀆了這份神聖莊嚴的工作，所以，在寫作上，並無捷徑，只是認真，認真，還是認真。

自從我以低能的手握持住這枝笨拙的筆，二十年已經過去了，寫來寫去，只發現更多的困難，人生的礦山，更待去深深的發掘，而同時更需要犀利而透闢的觀察力與表現力。

我願意寫出人類的苦悶、精神上的癥結，也願寫出地球面上一片愴痛的呼聲與愛的呼聲。這愛，所指的不一定限於男女之間的，親子、兄弟、友朋之間的愛，以及博愛、人道主義的精神，人類對真理的愛慕及飢渴，同是值得謳歌讚美的。

我有意拋棄了以前常出現於我筆端的月露風雲，而願於未來的歲月中，描繪那些值得描繪的景象——寫那些平凡的小人物，日常平凡的行徑中所表現的不平凡的感情、崇高的意念，但如要描寫這些，起碼作者得有博大的胸襟，才能領略、體會這些不平凡的感情與崇高的意念，且能予以恰如其分的發揮。

我自知我的修養還不夠，我的心靈也不夠偉大，足以與人間的偉大情感發出共鳴，但我願努力做去，燃燒著自己心胸間的光和熱，如同春天林表一隻知更鳥，為了謳歌那崇高的理想，發出我的低聲輕唱。

目次

老屋與貓

我愛這座老屋，這座古老的木屋。

我住在這裡已經七年了，從不曾有過遷離的念頭，我願意我生命的太陽日日臨照著這老屋的窗子，直到最後沉落的時光。

老屋是簡陋破敝的，那屋簷能篩落星光，也能漏下雨水，有許多鉛管已經鏽了、斷了，一些木板的結合處也已開裂，一些小小的綠色植物，便以那些縫隙為家。我想丁尼生那首詩〈牆縫裡的小花〉，大概便是目睹此種景象寫出來的。許多朋友都覺得這樣的處所不堪久居，勸我搬走，我只搖搖頭笑笑。喜愛這住所的理由，我說不分明，我只覺得這座老屋在我好像是那潘度拉的魔盒。

也許，我喜歡的是這兒那灑在豌豆上綠色的雨嗎，那搖撼著木瓜樹的帶香味的風嗎，或是那幾里之外，午夜聽來格外清晰的汽笛嗎，我說不清楚。記得當初我留在×地時，為我典進這棟房子的朋友，曾寄了這建築的平面圖同屋子的照片給我，照片中有高聳的尖頂小閣樓，門前還站著穿木鞋的小孩，看到這，我當時就極為高興，寫信對她說：「好吧，為我典下來吧，這房屋是一個流浪者理想的家。」自從我住到裡面以後，好像是補償半生的跋涉之苦，過起了「靜物」一般的生活，老屋的門窗，便是那張「靜物」寫生的畫框。

遷入這棟房屋以後，任何地方皆未修葺，只築了一道竹籬圍牆，籬牆內，自己形成了一個世界，我在給那友人的信中，引用了一個哲學家的句子：

這樣靜，這樣寂寞，而內心又這樣愉快，在我的眼睛上，愉悅和滿足的井水在溢著。

我又說：

河水有了堤岸的拘束才激濺，我的靈魂因過分的平靜而唱歌。

我很恬適的住在這裡，天晴也好，天陰也好，我每日總坐在窗前那把籐椅上，有時，書同筆使我感到厭倦，我便靜靜的凝望著那霉溼的牆壁，我遂變成了安德森小說中的人物：在一堵牆上，彷彿看到了許多東西，一些在這世界上失去了的，或猶未顯現的東西。我在那些霉溼的跡印上，像是看到了故鄉外祖家的老屋，那屋脊上的玲瓏怪異的獸頭，那糊著褪色藍綢的鏤花槅障，那窗眼上新換的雪白粉連紙——上面還塗了一層桐油，發出一股濃烈的味道……。那窗眼還留了一個沒有糊紙，上面遮起一塊花綢的小簾子，任那隻可愛的貓兒出進……。我記得那是一隻好看的貓，有烏雲蓋雪的黑白相間的皮毛，更有兩隻神祕的眼睛，像是寒夜搖曳在深巷的紙燈籠，更像是才擦亮的黃銅門環……。

我開始希望有一隻貓，來做我的伴侶。

一連串的美好天氣，木瓜樹上掛起了綠色的錦囊，鶴頂紅的花，鮮豔得有如琥珀；老屋的門外，居然有一輛車停了下來，這是罕有的事，友人居然不曾忘記我，帶給我歡笑同遠方的塵沙。愛熱鬧的廚婦為了這生活中新鮮的節目而微笑，老屋中深垂的寂寞幕帷捲起來了。

屋子裡多了笑話，更飄起了蔻丹的甜美香味。廚房裡，水壺同鍋子發出了快活的歡呼，後院的晾衣竿上，多了一些色彩鮮明的內衣，同鑲著精緻花邊的襯裙……。圍牆外，終日有些烏黑的小眼睛在窺望著，……附近都知道老屋裡來了一位城中的女客。

但這熱鬧的節目終也更換了，舞臺上又恢復了原來的空靜。車聲轔轔，友人又去了，圓桌上殘餘著段段的菸尾，半杯剩茶，在陽光中顯得格外黃澄澄的，杯沿，還印著那嫣紅的唇痕，似乎重複的向我說著那一句話：

「我喜歡你這屋子寂寞的情調。」

這簡單的語句中，似含有深刻的義蘊，我思味著、揣摩著，突然，那份寂寞孤獨之感，像是變得格外強烈了，沉甸甸的，重金屬般壓在我的心上，木屋中是多麼淒冷，一種向所未有的淒冷侵襲著我。我轉首望著窗外，地上正流瀉著一片陽光，那麼炫麗，那麼灼熱，那些怒放的堇花，顏色鮮麗得像是紙剪的，一隻小鳥自唱自答的飛了過去，抖動了枝頭昨日的花朵，默無聲息的落到溼地上。韭菜蘭也在開花，朵朵瑩白，好像生日蛋糕上的一些小蠟燭，但這些都不能安慰我，使這「靜物」安心回到它的畫框裡去。……我在日影中徘徊著，計算著今晨離去的那位朋友的行程。她今天下午該上船了，那該是童話中所說的白色的、華麗的船，飄上了那藍色皺紙似的海上……，更有一些鷗鳥的翅翼，向它揮著潔白的手帕……。我神馳遠方，我突然感到這個屋子的狹隘、破敝、生活的板滯、無聊……。

一陣大風雨之後，竹籬都坍倒了，住在其中的我，更失去了自築的牆垣，呵，以前在這棟老屋中獲致的寧靜、愉悅似都失去了，流走了，我渴望著平凡的生活中發生點奇蹟。

一天，我正在椅子上發悶，破籬的縫隙裡，驀的傳來了柔弱的咪唔聲……，是一隻貓兒呵，毛色是黃白條紋的，好似夕陽臨照的湖水，眼睛呢，正像那才擦亮了的黃銅門環……。我想起了童年時在外祖家看到的那隻貓，那隻在窗眼中一方花綢簾帷下出進的貓，我當時想抱牠而又不敢抱，如今，我可以抱起這隻貓了，我並不用牠捕鼠，只用牠驅逐去那朋友所說的老屋中「寂寞的情調」。

我輕輕的將貓抱了起來，一股溫熱傳上了我的指尖，貓兒像一把小熨斗似的偎在我的懷裡，又突然像一個毛線球似的滾落在我的足邊。我舉起了牠，那明亮的眼球中，映出了窗外一片飄動的綠色，我不禁想起了一句詩：

在她的秋水裡，
碧綠的草地經過著。

我拉開了抽屜，拿出那許久未曾觸動的針線盒，找了一條花綢，為貓兒繫在頸際。那小動物在屋中走動著，兜圈子，綢結在夕暮的陽光中發著亮。我感到一陣心跳，生活中的一灘死水被攪動了，在那粼粼的細浪中，我似又看到我釣起過，又跳入水中的閃光的小銀魚。

我抬起頭，窗外晃動著一個小影子，我認得，她是照片中那個穿木鞋的孩子，巷中那糕餅師的獨女，是一個最愛臉紅的孩子，她來做什麼呢？

我打開門，向她問著：

「孩子，有什麼事嗎？」

「我來找我家丟失的貓。」她指著屋角：「就是這一隻。」她說著，臉變得更紅了。

我感到一陣暈眩，這小貓竟也不能屬於我。

孩子抱起貓，輕輕的掩門出去了，我走近那貓兒曾偃臥過的椅墊，上面似乎還有牠留下的一絲溫熱……。幾分鐘過去了，門又輕輕的被推開了，那個孩子又回來了，手中捏著那曾繫在貓頸的，鬆解開的花綢結。

「這是你的，太太。」她臉紅紅的，將那結子扔在地上匆匆的走了。

我已無力撿起那綢結，只任它拋在那裡。

老屋中暗下來了，廚婦已經捻亮了燈，一道光流，斜斜的射在霉溼的牆壁上。我隨手翻開一本舊雜誌，上面有一張箋紙，其中有兩行字跡：

前日風雪中，
故人從此去。

紙色已經變黃，我已記不起是什麼時候寫的了，但我已感覺到紙上所寫的那些，都說這是夏天，我卻已感到凜冽的風雪撲向這老屋……。

我另外鋪好一張箋紙，寫信給一位熟識的師長：

我決定接受你們的盛意，下半年到貴校去教書，走出這間狹隘的屋子。

寄出了那封信，心中似乎輕鬆了許多。我燃著了一支 Salem 菸，那淡淡的香息，似是引我來到了一座荷花池畔。

天色晚了，我開始在那「荷花池畔」等待月華。明麗的月光，會使我忘記了老屋的黝暗，而聯想起貓兒黃白相間的茸毛。

湖上的小詩

澄明的眼睛是人的靈魂之窗，而湖水是大地的眸子，多少年來，我深深的愛著湖水，那大地之母的溫柔眼波。

在古城讀書的時候，學校的門前，正好是一片藍湖，為秀逸的蘆葦環繞住。那一片清光，浸潤了我的心靈，也容匯了我生命的河流。那沉默而柔媚的湖，一切屬於它的，都像是自詩的國度移來：湖岸上那垂垂的老柳樹，那綠色的潮溼的長堤，還有三月的黎明，自湖岸傳來的鷓鴣鳥的啼喚，隔著水，傳到長夜不寐者的窗前，也似為乍溶的湖水浸透了，是怎樣的斷續、幽咽，但又充滿了希冀，預言著花繁葉滿的辰光！

四年的學校生活，一多半的光陰我是在湖濱度過，做了湖岸老柳下

的一座塑像，守著夕陽，伴著臨水的白岩，我的心靈，似變成了一隻神祕的杯盞，將那澄藍的湖水，連同湖畔的靜寂，全部盛接，時而悄然低吟：

我獨伴著湖水深處的靈妃，
與無邊的寂靜。

我在湖邊獨坐之頃，常是帶了一卷小詩，同自窗下擷來的一朵小白花。但是湖上那份清極麗極的光景，使我讀詩常不能終篇。呵，真的，不論多麼精純的詩句，在那一片清光的閃爍下，都顯得異常的黯淡。詩集遂往往被拋置在一旁，而花呢，也投給那一道逝去的水紋，只餘下了我，抱膝獨坐，陷入沉思。聽著風吹過湖上，發出了寂寞的微響。去年，回憶起那一段時光，我曾寫過一篇小詩：

我曾持一卷詩一朵花來到你身旁，
在樹蔭裡靜聽那汩汩的水響，
詩，遺忘了；花，失落了，
而今再也尋不回那流走的時光。

人生真像一片湖水，我停船在那水中央，遙望著對岸的山，同掠過山巔的雲。春歸，燕子去了，山峰似仍記憶著牠歌聲的尾音，而發出回聲；秋來，雁也走了，但雲上似仍畫著那失去的羽影，只有我的心裡是一片空淨，湖水滌淨了我的靈魂，且使悲哀沉澱。

湖是無言的，它也許會細語，但那只在落雨的時候，在那綿密的聲音裡，我似聽到它在向我告訴：時光飛逝，一切飛逝……，湖水只以澄明的眼睛觀望著，觀望著，亙古如斯。也許，當年拉馬丁即曾在這樣幽靜的湖畔，在岩石旁老橡樹的蔭影裡，懷念著他那死去的愛者——英國的察麗夫人，當教堂的鐘聲掠過水面，當微風吹起了湖上的水紋，他低頭似看到命運的蹙眉，而向著那無邊的幽靜，空喚著去而不返的知音。我似看到他的淚水灑向湖上，溼了秋來湖上的落葉，而他也許感到自己不過是那水上的一葉，乃寫出了那千古的絕唱〈湖〉。

湖水，比大海溫柔，比小河凝靜，自古以來，陶醉了多少詩人的心靈，歌德與梭羅，即曾為了歌頌湖的美麗而寫出了他們不朽的傑作。歌德的〈湖上吟〉，雖是一首小詩，但已攝取了整個湖水的精神，只讀詩中的幾句，即可見到湖上的全部的綺美：

早晨的微風呵輕輕的，
吹皺了那幾灣綠水，
將熟的果子，
映影湖水中。

湖水實在太美了，那麼淨潔，那麼清亮，寫至此，我忍不住俯向記憶中那一片淡藍，暢飲神醪。十一世紀時，波斯的詩人莪默伽亞默曾對酒高歌：「酒呵，酒呵，豔色的葡萄酒！」但這藍色的涓滴，這湖中的佳釀，卻使人心神澄澈。

我飲得微醺，在幻想中登上一隻蘆葉船，停泊在湖心，我更蘸了湖水，寫出我心靈的歌唱：

呵，無言的湖水，
你在大地的心中靜息，
我泊舟在你的水心，
悄悄的和影子一同凝思。

湖岸的遙遠處是何等絢麗，
開遍了爛縵的群花，
誰知道它們是編織春來的花籃，還是春去的花環？

只有你，明淨的湖水，點綴著一朵白雲的睡蓮。
我俯瞰湖水深處，
尋覓那失去的夢影，
呵，青春的女神，
你何日再自那盈盈的波上出生？

當暮色落了下來，
太陽將火炬投在湖裡，
我黯然揮手，
向白晝的景色作別。

當群星散在水上，帶著它們甜蜜的歌唱，
像是雪萊詩中的銀星之雨，
自那晶瑩的千萬顆裡，

我只尋求當年那自頰邊失落的。

湖邊一切靜寂，
世界睡去了，
我獨坐船舷，
遙望樹梢那顆星子。
誰知道星影向這悲哀的湖水，
投上了無人見的微笑？
留住了最美麗的早春的一剎那
那三月最喜愛的一朵迎春花。

當冷露同更深的夜色墜下來，
湖水更藍了，
擁抱住這無邊的寧靜，

我停舟於入夢的湖上。

我的心靈，又變成了一隻神祕的杯盞，盛滿那碧色的美酒。菁菁，

願你有一天也會愛上了湖水，同湖上那詩一般的美的景色。

鄉居

黎明，有人在輕悄的叩著門扉，我以為是遠道來的朋友，偶而在這裡停車。我囑告那幫我炊飯的小姑娘出去看看，她很快的就回來了，向我說：

「是一隻迷了路的鷓鴣，在竹門上拍著翅膀。」

我無語的微笑，只有在清寂的環境裡，才會有這樣的插曲。

很抱歉，我到底還不夠詩意，未曾給那來自山林的客人打開竹扉。牠仍然在那裡繼續的拍著翅子，同時，發出一種輕柔的鳴聲，那聲音像是帶感情的，溫潤的，灑落在我的窗前，好像是冬天去後，滴落在大地上的第一點春雨，呵，這是音樂中最美的。這是我今天生活樂曲的第一

節，它不是可喜的嗎？

那聲音引我打開窗子，在晨光中，百合醒來了，芙蓉也醒來了，花心上，像擎托著兩句詩：

我看見清晨穿了淺藍的衣裳走來了
她採來帶露的花兒盈掬。

窗前小園的一角，燃燒著各種顏色的光焰，陽光同雨露，裝飾了這裡每一方尺土地，使之比寶石還美。

我走出了屋子，倚著窗前一株樹，目光在那花葉的圖案中巡禮。空氣是澄清的，到處有蜻蜓在穿飛，那透明的翅膀，好像要溶化於空氣的藍湖。寂靜中，好像有一個聲音在詢問我：

「你在等待什麼？」

我靜靜的回答：

「我不等待什麼。」

「你盼望著什麼?」

「我不盼望什麼，貧乏是滿足寓居的宮殿。」

我回過頭來，我真喜歡窗前這幾株大樹，它們終日無言，悄悄的生長，在日光的照映下，將清蔭織繪於大地。當那神祕的牧人，吹著弦月的銀色號角，在藍色的曠野，呼喚浮雲的群羊，樹木的枝枝葉葉，乃向人吐發出微語，願我的思想化作一隻小鳥，在那距天空最近的一枝上棲息。

日午了，在暖陽的焙烤下，院角的番石榴透發出誘人的芳香。記得Pettae在一篇文章中，曾將「採擷莓子擲放於空的油漆桶中」描繪為最奇妙的音響之一種，但那何如因風自落的番石榴，欣然回到大地之母懷中的音響呢?這裡採果子是不會缺乏人手的，竹籬外，經常徘徊著躍躍欲試的赤腳的村童，我常常邀他們一同來分享這大自然預備的華筵。新採下來的果實，保存著那股可愛的鮮味，一到市街的店鋪中，就會完全失去了，只有居住鄉村的人及山鵲才能享受得到。

在暑氣全消的黃昏，我坐在籬邊，透過稀疏的籬落，可以看到鄉人在附近的小溪中「電魚」，他們手中持著的小燈閃閃爍爍，電魚的工具更發出嘶嘶的微響，這已是純粹「近代化」的捕魚方法了，更缺少了那份靜靜的垂釣的樂趣。試想划著一葉小舟，停泊在月光鍍銀的水面，憑了釣竿一支，釣絲一線，將水上的我和水底無邊的寂靜，連繫在一起，釣取那空明的一滴，來滋潤心靈，是何等的樂事！「急功近利」的電魚者，怎能領會這些？前幾天，我曾譯過一篇短文，其中的一段，引我神往：「……巴黎塞因河畔的釣魚者……，他們坐在那兒一點鐘又一點鐘，每人都靜靜的持著他的竿兒。我絕未聽到過他們中有人彼此交談，或看到他們中有人釣到過魚，雖然他們有時候拉動釣絲，以抖掉水草或換上魚餌，縱是置身於喧囂的城中，而他們只注意那漾流的河水，那在巴黎唯一的無聲的活動著的東西。」更有兩句說：「靜謐至其極致，至其最富生命之處，已不是空虛的，而是充滿了意義的。」哲人的言語，如同智慧的清泉，心靈試行沐浴其中，會滌淨了上面的塵灰。

靜居的生活使人的心靈往高妙的境界飛騰，當精神上的弦琴，發出清音時，可以將「煩憂」的歌聲壓倒。我已經好多天不曾入市上街了，街上那些商店的櫥窗，看來就好像是讀過好多次的舊報紙，是多麼的平凡而乏味呵。

在鄉間，愉快而平靜的就將一日度過了，好像掀過一頁奇妙的書，也許次頁更生動，等著你明天再讀。

槲寄生

適才我收到一封信，信中附了枚寸長的生鏽鐵釘，還附了半張箋紙，上面，以孩子們特有的一種工整而欹斜的字體寫著：

「寄上一枚釘子，用它將那盆槲寄生掛起來。」簽名的地方，是一張楓葉似的小手掌印子，此外什麼都沒有了。

這封奇異的來信，使我記起那一段山村中的奇遇，到目前為止，我依然弄不清那段經歷是真是幻。但是，這一封信分明捏在我的手裡，裡面還有鐵釘同小手印，這顯然是一個熱心腸、富詩意的女孩，以一隻溫暖的小手投入郵筒的，這一切，真實得不容懷疑；然而，如果說世界上當真有這麼一個女孩子，為什麼這麼久以來我竟無法探聽到她的姓名與

來蹤去跡？……不巧得很，信封上那張藍色的郵票也遭雨水浸漬，以致模糊得辨別不出它寄發的地點……，唯一予人現實之感的，只是那註明月日的幾個字了，這說明它不是自另一個星球上寄來的……。

這該自我兩年前的生活說起，那時候，我在充滿了噪音的城市住得太久了，偶而萌發了一種念頭，我將城中那一幢多花木的小房子無條件的贈送給一個友人，自己只帶了簡單的行李，與那架朝夕伴我的舊鋼琴，來到一個倚山的村鎮。當我這「新來者」拿了身分證去到鎮上公所去登記戶口時，一位和藹的公所女職員，操著生澀的國語向我問著：

「先生，你的職業項目是空白，你到底是做什麼的？」

我是做什麼的？當真，我在這世界上的「貴幹」是什麼？我還從來不曾思索過這個問題呢，我只茫然的向她微笑著，一時竟答不出來。她微帶點譏諷意味的再度追問我：

「那麼，你靠了什麼生活呢？」

「這只有說，靠了那架舊鋼琴吧……。」我怯怯的說，我曾經教過幾個學生彈琴，但那也是好久以前的事了。

旁邊一位男職員說：

「那麼你是一個音樂家？」

「好吧，就算我是吧。」我面紅過耳，看到那位小姐在職業項目填了那樣的三個字。當我走出那公所簡陋的木板門，我聽到他們在我身後低語：

「他是××省人，……從那極冷極遠的地方來的，……這個音樂家，……他要到這裡做些什麼呢？」

這小村鎮的人口不多，一個陌生的面孔，很容易引起那些純樸的居民們注意，我的遷來，好像給他們讀得爛熟的生活舊課本上，加了一幅新的插圖，每天我走來走去、汲水、購物或散步時，總有許多充滿善意與好奇的眼睛打量著我，我意識到我已成了這地方「趣味」的中心——一個來自一年中有「半年」落雪的省分，靠了彈奏那神祕的黑盒子——鋼琴——為生的人，他們看到我的身影，大約比我們見到了一隻企鵝還有趣，我外出時身後常有小小的行列跟隨著。漸漸的，我對這些也習慣了。

我的住處是以一百元的代價租來的兩間低矮的木板屋，這原是鄉下人用以儲藏米穀的所在，有一道槿樹編成的籬笆和他們的住室隔開，自那綠色的籬牆中間開了一個窄小的門。兩間屋子，一間用來做我的書房，我那架古老的鋼琴，便放置在臨街的窗邊，為了在陰暗的天氣憑藉了窗外射來的微光，我也可以辨清琴譜上的音符。這一面窗子上的玻璃已沒有了，有幾個格子上釘著三合板，最下面的幾個格子，為了透光，我改糊了薄而透明的油紙。但我常常發現那油紙上破了洞，重糊好了又破了，我起初以為是鄰家那隻黑貓穿進穿出的緣故。

有一天我正在琴上試按我那支新度的曲子「秋晚」，無意中一回頭，窗紙的破洞處，鑲著兩隻黑黝黝的眼睛，燦亮、美麗、帶著笑意的孩子的眼睛，我匆匆推戶，那個小把戲躲藏不及，只倚著屋前那株羅漢松，又畏葸又興奮的抿著紅潤的嘴唇笑著。我這時才看清楚她著了一件褪色的舊童軍制服，那條草黃的裙子，短不及膝，頭上沒有帽子，只是一望蓬亂的、未經梳理過的濃多黑髮，她大約有十五六歲，一臉的可愛稚氣。她為什麼來窺視我呢，這個大膽頑皮的孩子，她之看我，也是懷了此間鄉民一般的心理嗎？我覺著這件事滿滑稽的，我問她：

「你什麼事找我嗎？」

「我只是來看看，沒有什麼事。」她有幾分膽怯，但說完了卻忍不住掩口而笑，她的兩隻秀美而微帶憂鬱意味的眼睛，不停的打量著我，

「我覺得……。」她又笑了。

我問她：

「你覺得什麼？」

「我覺得……你不像是從那日最寒冷的地方來的……，你的衣服，你的長相都和我們一樣……，你不像你那個地方的人……。」

我忍不住笑了：

「怎麼，你覺得我一定要和電影上的埃斯基摩人一樣嗎？或者，至

少像那冰島探險的人一樣，頭上得有一頂大皮帽子？……這次你知道了，我們都是一個國度裡的人，我們都是一樣的。」

她微微愧赧的頷首：

「你天天做些什麼呢？」

「每天我在琴上彈奏或在紙上書寫……。」

「彈寫些什麼？」

「也許可以說是心靈的聲音吧。」我靜靜的回答著她。

「哦……，那聲音大概總是很好聽的吧？」

「有時候那或許是很愉快的，有時卻是很悲哀很沉痛的……，如今，我只是在學習，只能表現我個人的心聲，如果有一天能表現出許多人的……，甚至全人類的心靈的聲音，我就滿足了……，但這也許是一個永遠無法實現的夢呢。」

「……」她怔怔的望著我。

「也許，你還不大懂我說的這些……，我們不要談這個了，多沒味……，我們談談別的吧，你是這村上的人嗎？小姑娘！」

「不是。」

「你和誰在一起？」

「和我的老祖母，她整天給人家洗衣服，她洗了很多年了，給人家洗熨得又白又平，但是她的兩隻手卻變得更粗糙，皺紋也更多了。」她垂下了頭，似乎發出一聲輕微的嘆息：「她很愛我，常常為我買一些好看的東西，今年我過生日，她送給我一件很漂亮的藍裙子，但我穿著卻太長了……要等到明年才能穿……。」

「你真是幸福的，有一個好祖母，她又是那樣的愛你……」

「也許可以那樣說吧，但是，我卻以為被人家愛絕沒有那愛人的幸福。」那晶亮的黑眼睛裡，燃燒起烈焰：「我寧願去愛人，卻不願人家來愛我……。」

她那透著過分智慧的言語使我驚異。

「小姑娘你懂得真多。」

她的面孔紅漲了：

「譬如現在……。」

「說下去，現在什麼？」

「現在……我就在愛著……。」她轉身跑去了，在前面那一片叢密的樹木裡消失了蹤影。

我回到屋子裡，燃著我在城中買來的那盞中號的煤油燈，燈光在壁上為我畫出了巨大的黑影，我突然感到自己是如此孤獨。當我有心無緒的在那張白木桌上用完簡單的晚餐，我的屋門突然開了，那兩顆美麗而憂鬱的黑眼睛，又在向我閃爍，她在低聲的說：

「外面太黑了……，我要回家……，如果你願意陪我回去……。」

「我正要出去散步呢。」說著，我順手拿起一個朋友寄來的兩匣梅子：「這個帶給你那位好祖母吧。」

我們走了出來，山坡上，人家屋窗的燈光閃爍，遠望好像是一片繁星，暗藍的天空上浮動著透明的銀亮雲彩，這說明快到月出的時候了，田野裡的青草正高，走上去是溼淥淥的，大約因為昨天的雨水未乾的緣故，一些不知名的花朵，送來淡淡的芳香，我以為是走著夢中的道路。那孩子一直在我的面前跑著，微風吹動她那卡其布的童軍衣裙，她一聲也不響，引我走過了一片原野，又是一片原野，攀登了一座小山頭，又是一座小山頭。最後，我真有幾分疲倦了，我問著她：

「還不曾到你的家嗎？」

「在這裡！」她順手指著一間山邊小屋，那是一間孤零零的小屋，四無鄰舍，也沒有燈光，窗內門邊更不見一個人影。我低聲的說：

「你的老祖母呢？」

「她也許已經睡了，老人家常常是睡得最早的。把那兩盒梅子給我吧。」她說著，又以那雙憂鬱的眼睛望著我：

「謝謝你，彈琴的先生，晚安。」

「晚安！」我走過那一片高高的棘草，順著山坡走下去，我無意中一回首，我看到一個小小的身影自那孤零的小屋前閃了出來，向著屋後輕捷而迅速的溜走了。……我覺得這真是一個謎，那間小屋並不是她的家！

幾天不曾看見她，一種莫名的哀愁籠罩住我，我冒著霏霏的細雨去尋她，但我實在也不知道能在什麼地方尋到她。走過了那微漲的小河上一道顫微微的木橋，我來到了那日曾走過的山邊，走到半山腰時，我看到一株古樹的下面，有一堆白色的灰塵，一半為雨水浸溼，有兩根粗大的木枝交叉成一個架子，上面掛了一只烤煮食物的鐵罐，一塊童軍的藍白相間的領巾，在樹上晾著，迎風飄飛，此外更沒有其他的東西，我拿下了那塊領巾，我想一定是她洗濯過忘記了收走……，我又在附近逡巡了半晌，我發現有方丈之地雖也為雨水浸淋，但是較為乾爽，旁邊有支過帳篷的痕跡，這證明那個孩子「拔營」而去並無多久……。一個揀柴的鄉婦走過，我向她詢問著：

「你知道一個穿草黃色衣裳的小姑娘嗎，她現在到那兒去了？」

「呵……」那個婦人掠掠鬢髮，捫著額頭，盡力的思索著，半晌，她抬起頭來：

「呵，好像是有一個那樣的女孩，就住在這樹林子裡的帳篷裡，很奇怪的一個孩子……，今天早晨她走了，有人在山那邊碰見她，揹著一捲小行李……。」

「那麼，她一時大概不會回來了吧，……聽說她有個老祖母，那老太太住在什麼地方呢？」我仍未放棄再見到她的希望。

「天知道她有什麼祖母……。」那個婦人不耐煩的走了，將我一個人留在那裡，……雨仍然在落著，雨滴自那木枝上滲落，敲打著那個空的鐵罐嘀嘀有聲，我默默的站在那裡，不知過了多久……。末了我解下了那個鐵罐，拿了回來，至少由這兩件簡單的東西——鐵罐同那領巾，我還可以回憶起那一雙憂鬱的黑眼睛……。

我回到住處，屋門半掩著，大約有什麼人來過了，我匆匆入室，見到窗檻上放著一盆枝葉茂盛的紫綠色槲寄生。盆底下壓著一張方方的小紙，上面寫著：

我為了尋求「奇遇」，才來到林中，遇到你，是我的幸運，我體驗了一種崇高而純潔的感情。但是，我又走了，你知道我要愛人，卻不願被人所愛。當你還不曾顯明的了解我的感情時，我走了。你也許會氣憤，但你仔細思索一下就會笑了。送給你一盆槲寄生，勤於澆水，它會生活得很久，只缺少一枚釘，便可以將它掛在牆上了。我以後會寄給你的。

如今，我收到了這封奇異的信同一枚生鏽的小釘，我知道這是誰寄來的，捏弄著那枚釘子，我流下了眼淚，我辜負了那一顆小小的純真的心靈：那一盆紫綠的槲寄生，已因我的疏忽而枯死多時了，我只有用這枚釘將林中那矮小的影子牢釘在記憶中吧。

曼陀蘿

暮色漸漸的深了，她撚亮了那盞綠色的小燈，在紙上寫了下去，她不知道她會寫出些什麼樣的字句，也不知道寫完後寄到何處。只匆遽的寫了下去，記錄著她心靈的聲音：

黃昏已悄悄的來了，窗玻璃上熾燃著的夕陽燎火，已漸漸的黯淡下去了，我適才闔上了那本貼詩的簿子，向天邊凝望。我在尋覓著銀河岸上那兩顆星子，但是，天上是灰濛濛的，還不到星光閃現的時候，我的記憶裡，又迴旋著那一片歌聲了：

當年是誰將愛情深種，

銀河畔出現了兩顆美麗的大星。
它們無語的悄然凝注，
眸子裡閃爍著淚珠晶瑩。

是十年前的黃昏吧，你曾為我這首小詩譜了曲子，並以你那嘹亮的聲音，將它唱了出來，……如今，也是同樣淺紫色的黃昏，但季節已是深秋，這裡，我獨坐窗前，拾取著昔日的落葉，呵，我的心靈深處，又似聽到那颯颯西風，起自古城的湖畔，湖畔的樹下，搖曳著那朵漸萎的曼陀蘿……，逐漸加深的暮色，將它溶化其中，再也無人能尋到它了。

我轉過頭來，仰天向著風、向著雲問訊：你在何處？一切都保持緘默……。我低下頭，燈輝裡，只有我自己的影子，再一度，我向著天涯，作著徒然的呼喚……，願偶而飛過的雁鵝，將這聲音帶到遙遠的地方……。

我們宛如兩片落葉，在風雨中互相失落，但是，心靈卻如兩顆晨星，在朦朧的天空，閃現著蒼白的光芒，互相追尋……。我不相信你會忘記了我，正如我之不會忘記了你……。

古城中四年的學校生活，在我的回憶中閃現著一片曉光的淡藍，呵，那如琉璃草的花朵一般的顏色呵，是自你每日一頁的詩箋上閃現出來的。你曾以你富麗的、詩人的想像，將我平凡的影子描入那一片明藍的天光，以讚美的詩句，編成了花冠，獻給你幻想附著的「人間的女兒」。

在學校的湖濱，我們曾有過多少次的漫步清談，瀲灩的湖水呵，那記憶的證人！我更記得湖岸上的老柳，在鷓鴣鳥的鳴喚裡，它那垂垂枝條，翠綠得都要化成煙了，更動人的，是太陽落時，碧玉盤一般的湖面，迎著落照，變化成一面閃光的古銅鏡，上面映出了遠處沉默的鼓樓背影，沿著湖岸走去，便是一片田野了，點綴著小河同木橋，河岸的近邊，更有著野花同鄉人種植的蔬菜，我再掀開了記憶卷帙的另一頁，我又讀到了那首我們合寫的小詩：

這裡是印過我們履痕的小草，
它曾窺見過我們的微笑，
它上面曾落上過我們修長的影子，
在一個夕陽欲下時。

走過這草地步履要輕，
仔細驚醒沉酣在草香裡的小蟲。
這愛低泣的小河，
誰知道它今天為什麼緘默？
也許沒有雲影投向河心，
它感到濃重的煩悶？

那邊是才放的花，新生的野菜
呆立著看我們徘徊，

它們的頭頸垂得低低——
為的是諦聽
我們的足音，還是
風的細語？

當晚歸的燕子啣來了暮色，
我們要帶著一身花香歸去，
臨行時不要忘了採摘，
含笑在樹蔭下的曼陀蘿！

我記得你擷下了樹蔭下那朵曼陀蘿，放在我的詩冊中，當我們歸去的時候，城樓上的一盞小燈，已經綻開了那一點鵝黃……，風吹得緊了，我展開了頭紗，縎住了我那蓬亂的長髮……。

一日日的在同一的路上徘徊，一日日重複著同樣的：「你早！」「再見！」我們誰也不曾吐露過那一個字，但我已感到那個字的神祕的力量……。我驚悸的自一個平靜的夢中醒來，才發現已臨情感的十字路口。我覺得我應該告訴你，在入學以前，我的家中曾為我訂過婚，欺騙愚弄兩顆誠摯的心靈，乃是我不忍為的。

在那暮色輕籠的湖畔，我囁嚅著告訴了你，出乎我的意料之外，你竟是那樣的平靜，但平靜的湖面，卻沉澱著深深的悲哀：

「那麼，處在這情境下，你是痛苦的，在情感上，你不應做個鐘擺，至於我呢，我更不願叫那個無辜的人為我而心靈流血。你專心的去愛他吧，我從此以後，將去研究神學，做個傳教士，當我有一天出現在聖壇上，也許你會帶了你的丈夫同兒女來聽我講道，我那天所講的題目，或者正是『不要掠奪人家的所愛』。那時，我們也許都已經很老了，但熟悉的語聲，使你認識出白髮黑衣的我，正是當年採了曼陀蘿花獻給你的人。你如果坐在前面的幾排座位上，我會看到你拿出帕子，悄悄拭淚，呵，這神聖的淚點，便是我的收穫了。我的講詞是淺顯明易人人能夠領會的，但是，其中深意，恐怕世界上只有你了解得最清楚……。」

那以後，你當真到×地去入神學院了，但你的心靈，仍未能忘情於我。但為了免得使你置身於更為痛苦的深淵，我只以沉默答覆了你每一封悱惻的長信。

那以後不久，一枚結婚的指環，輕輕綰住了我的生活，但五年後，我又復失去了一切，身邊只攜帶著更多的憂愁。

古城再度相遇你仍是孑然一身，你忠實於你的情感和記憶，慨然的要求分擔我的憂愁。一個寒冷的冬日黃昏，在城牆邊的積雪上踱步，你指著我頭上的灰紗：

「把它拿了下來吧，我每天仍可以陪你在過去的道路上徘徊，唱我們的歌，寫我們的詩，恢復我們學生時代的純潔而神聖的生活，如果你厭倦了現實生活中一些俗氣的節目，我對你更沒有奢求，只求當你寫詩的時候，允許我站在你身邊，看你展紙揮筆的影子，在我已是生命最高也最美的享受！」

但是，在寫作的道途上，我也許有意走著創新的路子，在現實的生活中，我只是一個背負著過去的女奴，我無力擺脫了它，我太軟弱，我太怯懦，我畢竟是個女人！何況我更有我的宗教信仰。

不久，我悄然的離開了古城，我只寄了一封短箋給你：

不管前途的雨雪風霜，我在自己的身影伴隨中，繼續我孤獨的行程！

又是幾年過去了，你過得還幸福嗎？我時時思念那苦寒的城中，那湖邊，那小河，那木橋，那樹蔭下一度含笑的小草花。

暮色更深了，夜已經來臨，我掀開舊日的詩冊，展看著當年你摘給我的曼陀蘿花，枯乾的花朵下面，正是我抄寫的英國桂冠詩人丁尼生的一句詩：

相愛過，又相失，總比沒有愛過的好。

呵，在這靜寂的秋夜，我只有以這詩句自慰了，我在這裡輕聲的讀著它，你，可曾聽到？

指環

指環是一種小巧的飾物，但它代表的意義，往往極其重大。

適間蘭蘭放學回來，伴著一聲歡呼，跳到我的面前，她微笑著向我翹起了一根小手指，上面套著一個發亮的圈圈兒：

「瞧，姆媽，我在小攤子上用一角錢抽彩抽得的。」

我拉住那隻小手仔細凝望，在那肥白的小手指上，閃爍著一個澄黃的銅圈圈，還嵌有一塊圓圓的小玻璃。我故意的逗弄她說：

「啊，你這是藍寶石的指環呵！」

「姆媽好傻，那是一個藍玻璃做的鈕釦啊！」她大笑著跑出了屋子，去向巷中的小同伴們炫耀她的「珍貴首飾」去了。

我自己幼年的時候，也是很喜愛這一類的小飾物的，記得那時住在鄉下，天氣晴暖，花開遍野的初夏季節，我常是跟著傭婦，手執用線襪做成的撲蟲網，繞過祠堂同那一片苧麻田來到野外。一邊撲蟲蝶，一邊採折些馬藺草的葉子編製小玩意兒。那個性情柔和雙手靈巧的老女傭，會用那狹長扁平如帶的草葉，編成各種物事——像青蛙、小草帽等等，但我最喜愛的，還是那草編的指環，鬆鬆的套在我那短短的無名指上，是那樣翠綠鮮潤，明麗可愛。舉起手來，還可嗅到那股青草的帶澀味的芳香！

後來我離家到古城讀書，年紀漸長，但仍然喜愛指環胸針這類的小東西，記得那時我正沉酣於象徵派的新詩，也就稚氣的處處喜歡「象徵」，一日在城西一家百貨店裡，買了兩枚化學製的戒指，一白色，一黑色，我自己稱那枚白色的為「象牙戒指」，另一枚為「黑玉戒指」。象牙戒指用以象徵純潔、質樸；至於那枚黑色的呢，我卻用它象徵自己那份憂鬱的性格。這兩枚戒指的神祕意義，只有我自己知道，每逢同學扳著我的手問我：為什麼帶這兩個「陰陽」戒指時，我只微笑不答，心中卻有幾分得意。

寫完了畢業論文，我計劃離開日偽鐵蹄下的古城，到遠方去開拓自己生活的天際線。在啟行前幾天，我在校刊上寫了一篇散文，告別師友，記得其中有幾句是：

「……那脫掉了白色手套的雙手，為陽光吻得黧黑，她喜歡這一雙手從此變得粗糙，為了可以有力操槳，向遠處航行。」那篇小文發表後，當天下午，有一個同班的朋友來女院會客室看我，他什麼話也不曾說，只留下了一篇短文同一枚指環。我展開他那幾張文稿，其中一些感人的句子，至今猶在我的記憶中盪漾：

聽到一個遠行的消息我淚下如雨，但我有什麼理由不要她走呢？我只有祝福那個勇敢的女孩子，同她那脫掉手套，變得粗糙的一雙手。這一枚指環，並不值幾元錢，但上面卻鐫刻著最寶貴的感情，這個，想她會知道。也許別人說這是電鍍的贗品，但它代表的是真實無偽的心靈。

我收下了那份文稿，卻退還了那枚電鍍的戒指。第二天黎明，我悄然登車，自古城過天津到開封，赴洛陽，然後轉往山城——那抗日戰爭時期祖國的心臟。

我縱身於大時代洶湧的波濤裡，認真的做著自己份內的工作，發散著純真靈魂中全部的光和熱，渾忘了其他。但這時卻有一個人來了，拿了一把皎白的山菊，同一枚金澄澄的指環。他將那枚指環套上了我的手指，我的生活遂又開始了一個新階段了。

那枚指環上是鐫刻著他的名字的，我在神前，曾發誓願：我要一直戴著它。婚後小別，那戒指面的兩個字上，曾灑上了我的熱淚，每個黃昏，我都要窗前伏案，為他寫一封長長的信去。不久他回來了，自異地帶來一枚更美麗的指環，上面嵌有一粒晶瑩的鑽石，他向我笑著：

「把那枚舊的戒指拿下來吧，那是金的，看起來多俗，我又為你買來一枚新的，戴上了它，你的手會顯得更加美麗。」

我發出了稚氣的歡笑，懷著感激，在他的熱吻下脫下了那枚舊戒指（那上面是鐫刻著他的名字的），他拿著它，放入衣袋中。

後來我才明白，這完全是一個戲劇化的場面，他帶著那枚戒指，悄悄的走了。從此我再也不曾看見他。

他為我套在手上的那枚鑲一顆小鑽石的戒指，如今仍然戴在我的指上，我曾想摘去它，連同那一份過去的回憶，但幾年來，生活艱苦，自操井臼，手指早已失去了當年的纖細，戒指緊緊的嵌在上面，再也無法脫下了。

我常是不敢凝望自己的那隻手，上面那一粒刺目的水鑽，像是一隻狡黠的眼睛，每分每秒，都提醒我那傷心的故事！我當真厭棄了這顆閃爍的小鑽石，這金質的環兒，我寧自戴上童年時老傭婦用馬蘭草編的，那翠綠的小圈圈兒，甚至於那個同班朋友當年送我的，他自稱為「贗品」

的電鍍指環。但是，它們是和年光一同失去了。

一枚草編的戒指，或是一枚電鍍的贗品，只要上面圖繪著最真摯的情誼，誰又能說得出，它比鑽戒貴重多少倍呢？

月明中

一連幾夜，月色清明，月光流照著我屋上的竹瓦，也流照著故鄉早秋的田園。海隅望月，已經是圓缺過多少次了。

這海島的景色太美了，尤其在這月光的洗禮之下，飛鳥斂翼，蟬兒無聲，只有一道天上射來的月光，像一隻華麗的金船，在夜的柔波上悄然泛行。……古銅色的月亮自冬青樹後升得更高了，它漸漸的高了，小了，夜空在它的光影魔術下，變成一道溶溶漾漾的微明河水，水波中浮沉隱現著一顆明珠，這就是月亮自己，在以往我也不知背誦過多少次了，但直到今夕，我才明白那「月光如水水如天」的名句。

月下的島上，直如銀製的藝術品，燦美得不可逼視，但，儘管美得

可讚羨，故鄉月下，一片琉璃瓦上玲瓏的翠色，隨著祖先墓園的幽咽松聲，襲進我的心坎深處。

我再也不能凝注那神祕的明月了，為了我心中充滿了太多的悲思。轉身到書架旁，拿起了一本寫腓尼基的書，Reclus 作的，這記載那古國史事及地理環境的名著，大部分的篇頁，閃耀著人類的智慧，小部分，作者似是嗟嘆著以筆描出了人類愚蠢的陰影。其中，一方面是仁愛，是文明綻開的花朵，一方面是殘酷，是暴力鑄成的鍊條，那個狂妄的梅爾斯王，曾恃匹夫之勇，一時間統治著腓尼基本土，在他的鐵掌下，遍地是饑饉災荒，自由在他們的腳下面消滅了，藝術也在他的腳下面消滅了，終於，死亡收拾了他，至今他留下的，只是被歷史家認為近似野獸的愚蠢頭像。

但那燦爛的文化，又豈是梅爾斯的黑影遮障得住的？他的木乃伊空留在博物館的玻璃架內，而腓尼基人所留下的航海法與國際法的雛形，以及文字的拼音法，卻如星辰一般，在人類的天空，閃吐著光芒，常使人聯想到，當其國運隆盛時，那揚帆於印度洋、非洲、亞洲海岸的壯麗商船，以及那在翡翠色的海岸上，如珠顆一般點綴著的商市……它那矗立著一百三十四根高達二十三公尺的雕柱的大廳，猶似在寂靜中發出了光榮的回聲。

我的想像沿著字跡在書頁上鋪展，我似看到了腓尼基那美麗典雅的高山「黑船」，據 Reclus 的描寫是：它的斜坡高聳的向著東方，在鬱鬱的松林裡，到處顯露出純白色石灰岩的峭壁，如自遙遠處瞭望，好似雲霧籠罩，在丘陵廣闊平坦處，美好的村莊，躲藏在簇簇的碧葉中，在那神祕的向遠方山坡伸展的谿谷裡，人們聽到潺潺的水聲，布滿甲殼類動物的海濱，在波濤的擊撞下動蕩著，波濤上每日有銀霧輕籠……。

多麼美的敘寫，這古國似是在我的眼前重現了，是什麼將它的名字自地圖上輕輕的抹去？這本史書的作者給了我明確的回答了：「是因為他們極容易接受外族暴力的嚴厲壓迫。」

只有昂揚著生之意志，懷著自尊、自強，不容許外族暴力伸展於自己本土的民族，才能永遠屹立於世間，如同那純白優美的黑船山，如同那輝映山間的星月。

菁菁，為了我們中華民族的永生，我希望你不為個人而歡唱，當你寫出了壯麗的戰鬥詩篇，我的短笛願為你伴奏，在如水的月明之中。

愛琳的日記

一

命運中的打擊，一個接著一個來了，無論在任何方面，似乎都做了一個冷酷的結論，這真是生命的秋天，愛死去了，恨也死去了，憂傷也死去了，我站在階前，一陣西風，帶來了一陣凜寒，我覺得自己是一株樹，落盡了最後的一片葉子，如今，只那一株泛著碧玉顏色的樹幹，向著藍色的漠漠的遙天，天邊的雁影，也是如此的稀疏了。

樹在冷風裡要倒下去嗎？不，在這淒寒中，在這孤寂中，我卻感到

格外蓬勃的生機，如一股暖流，自我那深埋在土中的根株升騰、激盪、流溢，直到充滿了這孤露在地層上的枝幹。我又彷彿聽到了春天的呼喚，它的腳步聲，似乎很遠，卻又似乎很近了。

二

我絞死了哀愁，扼殺了憂傷，替代了以前總愛放在口邊筆端的「我」，如今以「你」來代替了，以「他」和「她」來代替了，呵，能夠忘掉了自我，拋棄了自我，一個人即使不能找到快樂的本身，卻已接近它的源泉。

我曾盼望著朝霞永遠照臨著我的窗，玫瑰經年向我微笑，我曾怕那漆黑的暗夜，冰冷的霜雪包裹了我。呵，可憐的人，你愛的是朝霞嗎？你愛的是玫瑰嗎？你只是怕朝霞飄走，玫瑰凋謝，而「自我」將由寂寞伴隨。你怕的是暗夜嗎？是冰冷的霜雪嗎？你只是怕「自我」處在黑暗與凜寒之中。如果把「自我」完全忘卻，則又有什麼可憂懼的呢，如果不再顧慮到自己，而處處想到「你」想到「他」或「她」，這便是一個聖人與一個凡人間的區別了。

狹小的心呵，為什麼緊緊的關閉起門窗，只容自我的暗影徘徊其中呢？開放了它，使外界的一切雲影與陽光進來，使人類的影子走了進來，則幽暗的心中，不復是一片陰鬱的峽谷，而是一片洋溢著光與美的園子了。

三

告別了淒暗的過去，我遙望著春天的遠景，在一片寂寞中，我立刻似聽到黃鸝的鳴唱了。

愛與歡樂，只是影與塵灰，讓我在這人生的日午矚目一些其他的事吧，世界是太大了，該做的事情是太多了，我不再守在一片樹影裡沉思，我願跨在一匹馬上，歡愉的馳騁於漠漠的原野，在清脆鞭響鈴聲，與得得的馬蹄聲中，我越過了人生的一個驛站又一個驛站，當到達那遙遠的路途終點時，我看見一彎眉月，出現在天邊，好似古時的號角，我停馬佇立，耳邊是一片清越的江流淙淙，多麼優美的境界，我終竟尋到了，回顧來時的道路，只是一片煙籠霧罩的榛莽，呵，如果我停留在那兒，我將永在榛莽中徘徊，而看不到這白月朗照，大江湧流的如畫景色了。

四

站在路旁的松樹，我又看到你向我微笑了，掛在山上的雲，依在草上的花呵，向了你們，我皆投以含淚的微笑，我深深的感覺到你們的親切與美麗。

在那一山路上我蹣跚著，我曾把我的愛與信心、真誠分給了那些人，但是，我並未得回來相等的回贈。當鴿兒自我的手上啄食穀粒後，牠還轉動著圓圓的眼球，向我發出充滿了感謝的「咕咕」之聲，而那些人呢，自我這兒得到了愛心、信託與真誠，卻沉默的走開了，連個聲音與微笑都沒有，這些人有的是我的家人，有的是我的親友……，但我應該怨嗟嗎？不，我想，也許是我給予的還不夠，代替了怨尤，我將喚回他她們來，給予更多的，直到有一天，他她們冷漠的眼神中，也漾起了感謝的神情。

給予比接受更有福，神呵，讓我做個有福的人吧，給我機會，給我勇氣。以我自己做榜樣、平和、寧靜、無怨、無嗔，像那路邊的松樹，山頂的白雲，依草的花片一般，在生存的一剎那，展現出詩與真來。讓我和那樹那花一齊歌唱吧：

「活著，畢竟是可讚美的。」

一卷詩

菁菁：

　　我最近讀到了一卷詩，作者並非有名的詩人，但他的詩句確稱得起清醇而雅麗，開卷即覺有一種朦朧的色調，與幽靜而神祕的氣氛。

　　寫詩，是一種靈智的活動，全憑那一剎那的靈感，全憑那現實中的一草、一木、一個人影，或一朵流雲與詩人的精神的觸發。外來的一股藍風，吹得詩人心中那根細韌的弦索，瑟瑟而動，發生了美妙的樂音。由這本詩集作者的後記中，我們知道他曾做過傘兵，後因病才轉移了工作的崗位，由於工作上的關係，他曾上窮碧落，馳騁其幻想，尋找過詩材，後來更是屐痕處處，在深林密菁之中，掇拾佳句，他的心靈遂得以

天上的白雲為翼，地上的香草為佩，所以詩寫得靜中有美，美中有真。

由這位詩人筆端的自述，見出他年事尚輕，但他曾書囿埋首，研讀過不少的古今典籍，而對人生這部大書，他掀過的篇頁並不多，他的心頭，因而保持了那片可喜的空白與純潔，在詩中遂形成了那份素樸與醇正。詩神放在他手中的那枝蘆笛，並未飛落上太多的俗世塵埃，故仍能保持其玲瓏透剔，在人生的冬天，吹出了使敗草轉綠的歌唱。

他的詩句，確是充滿了清寂之美的，如在〈戀人的悲歌〉一首中：

如今只有夜鶯在枝頭低唱，
美麗的約言已隨月光消沉。

如〈主宰〉中：

飄旋不定的心，

飄流不定的靈魂，
幾時呵才能安靜，
幾時呵才能泊岸？

如〈燕〉一首中：

推開樓窗，我默默的向遠天凝望，
幻想著一點黑色帆影，來自迢遙的南方。

也極可見出他想像力的豐盈，以「一點黑色的帆影」來象徵歸燕，這個隱喻（metaphor）用得可謂工妙。

還有我最喜讀的是那首〈寂靜〉，其中一個段落，我為你抄寫於下：

寂寞落上我的心，

如同雪花覆上那黑色的松林，
如同春風搖曳過那芳香的籬樹，
如同絲雨落上那遼闊的禾場，
帶著無限的溫闊與清涼，
更像輕柔的輕柔的
愛撫著壁上人影的綠色燈光。

這一個段落中，有極美的幻想與旋律。

在這部詩集中，抒情的歌唱較多，也是集子中較精粹的部分。雖然在這部詩集的篇頁中，在那些繁花似的優美詞藻下，我們仍發現一些青澀的果子，但這不過只是一開端，我們預期這位無名然而有才的詩人的作品，將有他豐收的金黃色的秋天。

菁菁，你近來還寫詩嗎？不要棄絕了詩神，她會美化你的心靈，且美化你的生活。

寄瑪蒂璉

前記：

歐文（W. Irving）是美國的名散文作家，生於一七八三年，歿於一八五九年，他的愛妻瑪蒂璉於十八歲時逝世，他對她一往情深，終生不再續娶，此文係作者參酌他的散文集，並借助於想像寫成的，文題亦可名為「代寫的情書」，當中有引號處，引用的乃是歐文作品中的原句。

親愛的瑪蒂璉：

此刻我是航行在海上，一種鹹而溼的海洋氣息籠罩著我，獨立船頭，望著那一道清晰的水平線，我感到茫然也感到空虛，我本是久久以來便希望沉酣在大海的胸前，在那兒安置我的幻想，但我這大地之子呵，到了海上我更深深的渴慕著陸地的邊緣了，在那兒，有一個地方，薊草高高的擎著它紫色的皇冠，雛菊花茂密得如同星點，有一片白色的微雲飄忽其中，那便是你白麻布的衣衫，我真願再回到你的面前，即使我們住在一個草棚子裡，也勝過我孤獨的居住於華麗的宮殿，讓平凡的花草垂覆著我們的屋簷，讓馴熟的白鴿在我的手上啄食，在你的肩頭小立，我要聽你邊唱著山歌邊採取著草莓子，我要獻給你我自海上蒐集來的蚌殼，讓它在平靜中向我們訴說風濤的消息。

我希望海上的航程不久即告終結，我又回到你的面前，你放下了你的豎琴向我高喊著：

「你來了我真高興，我幾次的盼望著你，又跑到那草地上去迎你，我在房後一株美麗的樹下，擺出了一張桌子，我又採了許多新鮮的草莓子，我知道那是你喜歡吃的，我們也有頂鮮美的牛奶——這裡一切是如此的甜美幽靜。」你說著伸展兩臂向我迎來，燦然的微笑著凝望著我的臉：「呵，我們是如此的快樂！」[*1]

這不是一個幻夢呵，生命會給我們這樣一種快樂，因為它已透過了你微笑允許了我，親愛的瑪蒂璉，甜蜜的孩子，春天快回來了，大地上將開滿了可愛的小花朵，但有一種比雛菊更可愛，那便是你的純真的心靈。

可愛的瑪蒂璉，你是個真正的天使，在你的手中執了一本書卷，書頁上寫滿了兩個字——真誠，當我在船頭眺望的時候，你的影子常像金雲似的升了起來，照耀得我的身影也閃發著光燦，呵，我是多麼的思念你，你永不理解你說的話多甜美，你不理會你的姿態多動人，這一種「不自覺」的美，正是你最可愛的地方。

當我出發航行時，你正在小病，我希望疾病不會侵蝕了你生命的健康，但你最近的信上為什麼充滿了傷痛？親愛的妻，說句悲觀的話，上

1 此引號中的一段，乃引自歐文的一篇散文〈妻〉。

帝果真要召去了祂所最寵愛的人，也請你放心，我將以心靈為碑碣，上面永遠的鐫刻著對你的思念與堅貞，雖然我仍在壯年，但我永不會再去尋覓另一個人的情感了，因為我在你的心靈深處，已遇到最美好的愛，世界上的一切，因了這種愛的照耀而形璀璨，我的一生將永遠生活在它的光影裡而感到慰藉。我的忠誠誓願希望也邀到造物的垂聽，而仁慈的護持你生命的枝柯永不萎凋。

在船艙的燈光下，我寫這封信給你，船窗外傳來了汩汩的大海的微語，我的心中充滿了對愛情的渴望，而如一片大張著的風帆，等待著一陣迅疾的風，將我帶到你的身旁……。

宛青的信

一

前天你託人帶來的一束劍蘭已經收到了，那皎潔的花朵，給了我無限的喜悅。但我更喜愛你上月摘來的幾枝蘆葦，不知為什麼，對這種植物，我懷有一種偏愛，我不知是否受了W．華茨華絲一句詩的影響：

人如同會呼吸的蘆葦。

我總覺蘆葦比一些的樹、花都更有一種瀟灑之致，秋來後的原野，點綴著一片白色的蘆花，遠看如同一朵朵飛舞的白雲，而為蘆葦環繞的澄明湖水，更是絕妙的畫題，折幾枝蘆葦，插放在硃砂古瓶裡，尤其是我最喜愛的室內裝飾品，你該記得我在〈尋夢草〉中所寫的一個段落吧：

隔著那玻璃樓窗，我看到房中已經燃亮了法國宮廷式的玻璃燈盞，通明如一泓秋水，放散著淡淡的清光，輝映出四壁的山水巨幅，臨窗一張精緻的烏木長凳，擺了一隻著光彩瀲灩的朱砂瓶，裡面插著幾枝白頭的蘆花，似乎在輕輕散搖著盎然的秋意。

由這一段，你可以知道我對於蘆葦，尤其是那絮白的蘆花，是多麼的喜愛了。

開始愛蘆葦，已經是十多年前的事了，那時候，我正讀書於古城，學校的前後面，有兩片澄澈的湖水，校前的湖岸上皆是楊柳，秋天一到，落葉滿堤，是我散步常到的地方；校後那片湖水，則完全為蘆葦環繞，我從未見過那麼美麗叢密的蘆葦，但是，儘管生得茂密，卻仍然是參差有致，不失那種臨風昂揚的秀逸。夏天，湖水顏色變做深綠，反映著一片葦葉，更覺蒼翠得可愛，我幾乎每天都去那兒流連一些時候，對著那片湖水讀詩、做夢。我曾說那片湖水，有如一隻綠色環珥的杯子，盛著滋潤人心靈的美酒。最動人是夕陽臨照下的湖上，天色將晚，遊人更少，蘆葦也似乎低頭微睡，湖上是一片可愛的靜，只不時有一兩隻水鳥展翅而過，瞬即消失了蹤影，好像心頭的幻想。湖水在夕陽下也似乎醉了，顯得那麼幽麗、奇美。澄明的水上，反映出夕陽的綺麗，像是充滿了回憶的心靈。坐在湖邊的大石上，我諦聽著遠處鷓鴣的呼喚，手中的詩卷，與眼前的景色，似乎滲融為一了，而在暮色籠罩的湖上，似乎連我自己都消失了，我像是變成了一片白色的羽毛，在湖上忽高忽低的飄著、飄著，最後，羽毛落在那一叢蘆葦上，幻化為一朵白色的蘆花。

關於這湖畔的蘆花，後來我在文字中曾提到兩次，都見於我寫的那本小書《牧羊女》中：

幾年前，我自山城回到故鄉，卜居於一個水木明瑟的湖畔，衰草離離，雲淡如煙，隔了一片清淺的水，黎明的鷓鴣聽來也似有幾分幽咽了。秋色漸深，風裡輕搖的蘆葦，帶雨苦吟的殘荷，更顯出一種繚亂的嫵媚，黃昏時候，我喜歡沿著那一道靜靜的長堤散步，閃爍在我面前的，永是那一幅晚雲夕照，也許只有「落日滿秋山」的句子，略可象徵我當時的心情。

每天薄暮，繞道那寂靜淒美的湖畔自母校歸來，隨手總愛折幾枝白花的蘆葦。

但在這篇文字中，描寫的卻是我離校後幾年，重返古城時的生活，當年洋溢在我心中的少年幻夢。詩意已消失殆盡，而我是以另一種心情來欣賞湖畔風光了，在文字中，你可以呼吸到一種不同的氣息的。

秋天又來了，島上各地水濱，也常有蘆葦生長，過幾天我決定再出去旅行一次，找一片有湖水有蘆葦的地方，將那秀美的植物，移到我的心中來。

在今天這一封信裡，我只向你描寫我最愛的一種植物，下一次，我再向你談及其他，希望你在這裡面雖不能發現詩，卻能見到詩的影子。

二

愛友：

上次的短簡，不知你收到了沒有，我真恐怕它會錯過了郵班呢，今天正逢上休假的日子，我著了晨衣坐在走廊上，我想到了遠方的你，在一片陽光裡我展開箋紙，寫出我要向你吐訴的言語。

這幾日春天真來了，我昨天在日記曾寫了這樣的幾句：「本來島上是四季如春的，而今年，春節之後，風雨僝僽，生生把乘興而來的春天阻攔了回去，但經過太陽幾天來熱情的呼召，又重新喚回了那步履遲遲的春。在澄黃的日影下，淡藍的微風裡，我偶而檢視那插種已久，猶未抽芽的紫荊，我擘折了那枝子的一端，我多麼驚喜呵——折斷之處，顯露出一層那麼可愛的鮮碧，自那裡且有芳香的樹汁流了出來——這確切的說明了春的到來，且更預言著花繁葉滿的日子。」在這一段日記中，吾友，你可以看出我的心靈，已隨了春風復甦。冰結的大地已開始微笑了，我心中的憂鬱，也開始消融。

想你那裡的天氣更和暖，微風更輕柔，同時，在此信到達時，想已群花迸發，千萬朵微笑，來自千萬個枝頭，當陽光燦美的清晨，我希望你走出斗室，到林間去閒步一番，去的時候，我更盼你能帶著那本可愛的小書《鳥與獸》，哈德生寫的。書中包括了六篇散文，由這些篇文章的題目，你可以窺出內容的一斑了，那六篇是：〈動物的友誼〉、〈紅冠雀〉、〈鄰人的鳥的故事〉、〈瑪利的小綿羊〉、〈知更雀巢裡的布穀〉、〈在威爾斯的林鳥〉，六篇中有五篇是談到禽鳥的，由於這書的作者的推薦，你可以更能領略那些林中小歌手的藝術。

哈德生，這大自然的密友，禽鳥們的知音，是英國人，極富詩人的氣質，熱愛著大自然同小生物，他的朋友們曾如是描寫他：「戶外才是他的世界，他深愛郊野的生活」、「殘酷的世界將哈德生關在倫敦的籠中，幸而世界雖忽略了這樣一個稀奇的人，它卻抑制不住他的歌唱」。他的歌唱，便是那篇篇晶瑩的散文，那是對自然之母的頌歌。

哈德生，這大自然的愛者，生就一副活潑寧靜的性格，由他的文字中，更可見出他那高雅的心性與情操。他的文字是那樣的輕盈、自然、簡潔，充滿了林中的溫馨及大地的芬芳。雖然皆以小鳥小獸為主題，字裡行間，卻滲透了同情、愛心。句逗間透出了森林中的音樂，鋪滿了燦爛的陽光同纖柔的陰影，並且，筆法又是那樣灑脫，沒有一點矯揉造作的痕跡，他的文字自然得像什麼呢，猶如輕風在吹息，溪水在緩流。

在這春回的季節，研讀哈德生的作品，我以為最合適也沒有了，因為那清麗的詞句、婉美的情調，不像是筆墨寫成的，而像是大自然的一部分，不相信嗎？我在此為你背誦一段：

……我被帶回到綠色的大平原上，我的遼遠的家中去了，冬季這樣過去了，燕子回來，桃樹又開了花，接著是漫長乾熱的夏季，以後是秋季，美麗的三月、四月和五月三個月，這時太陽是柔和的，我們坐在樹間，整日享受成熟的桃子，……紅冠雀是我的了，我拉開了覆罩籠子的圍巾，又看到那美麗的鳥……。

白天裡，他（紅冠雀）的籠子掛在陽臺外的葡萄藤下，在那裡，溫暖芳香的風吹著我，太陽從透明的葡萄葉向下照耀，因為過度的快樂使我發了狂，……在這以後，我又聽過成百成千的歌唱的紅冠雀，但從沒有聽到過一個有這樣熱情而持久的歌。

這兩段文字，完全是以最通俗最平常的文字寫成的，即是多麼的清美，也許只有搖曳你窗外的一枝新綠可以比擬吧？

吾友，我希望你能找到那本書，靜靜的坐在織著陰影圖案的林間，你一邊讀書，一邊好似聽到了大自然的耳語。同時，你會感到一種向所未有的快樂，自林間向你的心靈輻射，自那一刻起，你會發現，大自然的小樂器——鳥兒口中的笙簧，是多麼的奇妙而動聽，那你將是鳥兒的知音，也是哈德生的知音了。

為了趕郵班，這封信就匆匆的在這裡結束，路遠，沒有什麼可以寄你，只寄上一根綠枝，帶去寶島的春天。

三

室楹空靜，我獨坐窗前，寫信給你，一訴心曲。階前的小草，此刻在日影下，宛如淡煙，籬邊的白玫瑰也在展放了。大自然是可感激的，連我這小小的院宇都不曾忘卻，未到三月半，每一個角落，都充滿了春神的腳印。

我起立傾聽，一片岑寂，擾攘的人生，難得這片刻的靜謐，這寂靜的光陰，一分一秒在我都是可感謝的祝福。我以心靈為杯盞，將它全部承接。多少時候以來，我為現實中的瑣屑所苦，我對生活的要求，一減再減，最後，折餘扣淨，只剩了一點微渺的要求——我只要求片刻的寧靜——全然的寧靜，再沒有什麼可怕的夢影與噪音來擾亂我的心曲，我可以從容諦聽我自己的心靈的聲音，修復一下精神上的創傷，完成了我自己的一支歌。

說來增人嘆息，我本來是一個相當庸俗的人，理想、成就、舒適的生活，原都是我畫夢冊中目錄的一部分，但事實上，只是空空的目錄單而已，沒有一項是可能的。末了，我抬起了頭，我看到那個吝嗇的主人——現實的冷面孔。我只向它要求一種東西了——靜謐——一種屬於心靈的享受。啊，我多麼希望暫時抽身出來，離開了廚下那些叮噹作響的鍋鏟，不復望看爐煙及釜底的雞蛋發呆，而苦吟著唐人小詩：「大漠孤煙直，長河落日圓」來自慰；我多希望推開那些水、電、房租的帳單；我多希望不再聽到病兒的呻吟，而在一片靜謐的藍空下，獨自來往，空氣中飄動著草木的芳香，更無半點廚房的煙火氣與病房的藥水味，啊，這可祝福的一刻終於到來了，今天我幸運的拾取到片刻的清閒，享受剎那的寧靜，命運之神在悄然向我微笑了，雖然這笑容也是瞬間就要消失的，但是，吾友，在我已感到極大的幸福。

一些生活閒適，為歡笑與快樂浸透了的人，不會了解我的這份心情，不會了解一個疲憊的心靈的呼求：片刻的寧靜！在這剎時，我那停滯已久的思想小河，緩緩的再度在我的心上滑流，沖去生活上面留下的泥沙，而使它恢復了明淨。

吾友，此刻陽光滿院，微風過戶，我俯望著窗前的小草，低呼著它的名字向它問候，我向著窗前的白玫瑰凝眸，它在微笑向我道晨安呢，啊，它的微笑也引起了我的，吾友，我不再苦惱了，當真，我苦惱什麼呢，我等待什麼呢，我的心靈的杯盞，已承受了那自然的贈予，承受了寧靜帶來的甘美，我坐在陽光下寫這封信給你，靜謐浸透了我，如一枝熄滅了的白燭，幸福之感也浸透了我，我的心靈，有如那朵白色的玫瑰，它無聲的微笑著，微笑著……。

四

吾友：

前一封信曾向你提到島上的春天，但我覺得那疏疏的幾筆，實在描繪不出這已濃到十分的春意，前天早晨，諦聽著窗外鷓鴣鳥的啼喚，我曾寫了一首短詩：

鷓鴣鳥，你林中的新來者，你吐著美妙的歌音，當四月天的黎明，
開啟了多少幽閉的百葉窗，冬天留下的夢影，乃化作殘星飛去。

我已拂去心琴上的輕塵，彈出了你枝上來的第一個聲音，響亮而又不分明；有力而又柔和，像牧女初搖她的鈴子，迎春花乃綴滿了大地。呵，那聲音是多麼甘美而又羞澀，重奏起我童年時田園的音樂。在那多苔痕的井欄邊，一聲聲像是透明的亮藍水珠飛迸，又如清晨大陽的火炬，照耀著那新綠的柳林。一陣神醪似的綿密的歌聲像是微雨，向了靈魂的玉杯緩滴淺斟，一聲聲你殷勤的勸飲，持杯者都在微笑：生活是多麼瑰奇，多麼歡欣。

吾友，在這首小詩裡，你可以發現我的靈魂完全沉酣在春天的聲音中了，我擺脫了憂鬱，而感到無限的快樂。昨天午後，我曾走出那間小小的書屋，沿著那條小河向前走去，我自己也不知道要走到哪裡去，想起一位波斯詩人莪默加亞穆的名句：「不知何處來，何故來；何處往，何故往。」我不禁微笑。記起前些天我曾寄出一疊填滿了黑字的稿紙，想想結算稿費的日子到了，我遂順便走到那雜誌社的辦事處，領出了那一筆稿費，數目不多，一時不知用它換些什麼，終於在一家書店門前停了下來，買了一部英詩選，一本陶淵明的詩文集，我這「以紙易紙」的生活，自高中時代起已繼續了很多年了，只要能這樣下去，我已感到滿足。

臂下夾了那兩本書，我仍又信步前行，我不復再有孤獨之感，因為已有那兩本書的作者與我相偕。後來我發現已走出了市區，而來到一片田野，田中處處，甚至每一條小徑上，都瀰漫著翡翠般鮮碧的顏色，真如英國的作家吉辛所說：「春光已爛縵於每條小徑上了。」我也仿著吉辛在散步時的習慣，開始唱一支歌，一支無聲的歌。

十年以前，當我受洗禮的清晨，一個外籍的修女給我取的教名是則濟利雅（Cecilia）——那原是一位司音樂的女聖者的名字，以她的名字為我的教名，我曾表示過不同意，因我一向與音樂無緣，更不會唱歌，但那修女拍拍我的肩膀笑了：「我知道你的心裡整天在唱歌。」經她一提，我只有默默的俯首，想不到這靈魂深處輕微的歌聲，卻被那充滿智慧的異國修女聽去了。

像一些人一樣，我的生活也曾充滿了鬧劇的場面同大雷雨的背景，但如今這一切都成過去，卸裝後的我，兀自獨坐在寂靜的後臺，四壁悄然，我這時才聽清楚了我心靈的聲音——它是如此單純，如此簡短，但說明且保持了我靈魂裡一種珍貴的東西，今天，此刻，我又聽到了，且任它一遍遍的重複繼續，這微妙的聲音，正好配合了嚮藍的天空同開花的大地，同時，也憑了這紙短箋傳達到你的耳邊。

寄林婕

一

林婕，我已經接到你好幾封信了，兩個月來，我只以無聲的關切做了我的答覆。因為日子過得異常的忙亂，如果我吐發的，不是來自心底的聲音，我寧願沉默。

昨天又接到你的信，你說：「姊姊，我要求你寫幾個字來，如同你寫一篇散文。」這要求是新穎而別致的，我笑了，我正要寫一篇散文，今天這一篇，就算是寫給你的吧。

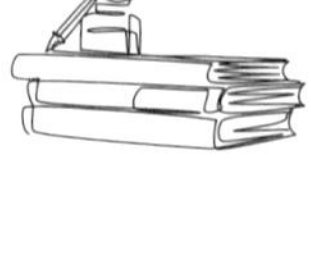

我知道你曾為了一些事痛苦，你不必過分的畏懼痛苦，誇張痛苦，這正是生命要送給每個人的一束黑色鬱金香。

你一定讀到朗弗羅那首有名的詩吧？——〈鄉村的鐵匠〉，生活正是那個鐵匠，我們便是他砧上的那塊生鐵，他敲擊你，只為了使你成為有用的。一個同巷的老婦人前幾天曾對我說過，她的小孫兒賽跑獲獎，只為了在他幼時，做祖母的曾為他穿過一雙雙過於笨重的鞋子。如今鞋子脫了，健步如飛，巷中的孩子們沒有一個能趕上他。苦難正是那個老祖母，在生命的途程中，為才學步的我們穿起過於笨重的鞋子，它們笨重，使你目前顛躓，卻使你在人生的徑賽中輕捷。

如果痛苦來了，像一片暗雲般籠罩住你，那麼，你便擁抱痛苦，你便歌唱痛苦吧，為了它是值得讚美的，是誰說過：

「神要使人夜間唱歌，他必要造夜。」我說：「神為了要顯出白晝的光燦，他必要造夜。」感激夜，為了它是白晝的前驅。

我也讀了你寄來的文字，寫得不錯，只是義少字多，顯得擁擠，在這兒，我不禁聯想起寫作的義法與生活的藝術有相通互釋的地方：

宛如好詩中少不了空白，文章中少不了句逗，要使生活安和，得在那噪雜的日常交響曲中，尋找片刻的靜。風有時吹捲，有時靜止，海有時翻湧，有時如鏡，暴雨之後，藍天上一丸白月，告訴你靜寂的美麗。每日，你總得找一片綠蔭，一塊草地，使你的靈魂在那兒得到片時的逍遙，而使生命有剎那的休憩而得到復甦。

沉默、收斂、寧靜，對一個人確屬必要，托斯卡尼尼手中那神祕的音樂指揮棒，不只為了使樂隊演奏，更同時為了使那噪切的管弦，能在分秒之間，戛然而止，餘韻嫋然。在那靜止的剎那，才更見出樂曲的神奇。在生活中，人更須有片刻走出了那高朋滿座的前廳，到那寂寥無人的後門，小立分秒，在清風中稍解微醒。再回到廳堂時，每個人將覺得你神采煥發。一個現代的都市中人，常不知靜的可貴，以至精神紛亂煩躁，知道嗎，靜之一字，是生活藝術中的 keynote。

再回到寫文章的上面，一些作者，往往是過分的急切而熱心，唯恐自己的意思說不明白，以致反來覆去，說了又說，高明的讀者，早嫌煩瑣了。簡潔，實屬必要。一篇好文章的定義是：最妥當的字，安置在最妥當的地方。而一個句逗點得好，正是地方，正是時候，其收效，不亞於一個美妙的句子，從這裡，可以參出生活的藝術來，字句表示進展，而句逗表示停頓，兩者運用安排得宜，文章才能搖曳生姿，生活能動中有靜，才有詩與美存乎其間，而不致成了世紀末一個終日旋轉的輪盤。

這是夜，秋天在我的廊沿外徘徊著，雨在低語，風在輕歌，秋天，多可愛的日子，繁華凋盡，只顯出更為純樸的面目，我試著自秋天體味文章三昧：不必要的枝葉同顏色，都予以刪落，只留下那婀娜而遒勁的，代表向上的生命力的樹幹，與豐美的果子。有這樣的作品寫出，乃是一個作者最大的歡欣，而生活著，也要有秋天那種素樸的情調，林婕，對嗎？

二

林婕，今天我不想給你講故事，只願為你在紙上畫一張小畫——水墨畫成的「清晨」，林婕，你高興嗎？

清晨，我推開窗子，向前眺望，遠山有如一個著了藍衣的巨人，屹立於朝暉之中，向世界上第一個啟窗的人道晨安。窗外那一片花圃，曾在夜的幻術下失去它一切可愛的形象同顏色，如今醒來了，晨風也殷勤的問著那最先展開的花朵，這個小天地，經過清晨女神的裝點，已燦美得有如一片織錦，上面擎托著淡藍的黎明。

林婕，我覺得每個清晨都像是一片柔軟的藍綢，我當真捨不得去剪用呢，在那淡淡的花氣之中，在那飄忽葉底的綺風之中，我往往拿起了一本書，又拋下它，然後又展開另外一卷；我常是鋪開稿紙在上面寫了幾個字，又將它塗去，再開始重寫，我在躊躇著，我如何才能在工作上給清晨留下最好的畫像呢？我簡直說不清楚，林婕，就在我的猶豫徘徊之中，晨光漸漸的消失了，教堂的午鐘響了，日光的海洋正值滿潮，泛濫於大地上的每一角落，我惋惜，又一個清晨失去了。於是，我坐了下來，又另外萌生了一些希冀、願望、幻夢、理想，我多麼希望再如願的織出這些理想的圖案，在這人生的日午。

當小園中的蔭影漸漸的加深、放大，當遠天飄起一支彩翎似的晚雲，說明黃昏來近，歸鳥成陣，在為夕陽燃燒著的樹巔盤旋，尋找著牠們的巢，遠近人家的小窗戶裡，開始亮起一盞盞的燈，像是一些天使們的眼睛，好奇的來窺視這個世界。我悄然獨坐，驚悸於白晝的離去，暗夜已經快來了，我掩上書本，聯想起童年時候，坐在散佈著姍姍花蔭的簷下，看看亂飛的蝙蝠，偎依在老女傭的懷裡，她一邊絮絮的為我說著一些古老的神話，一邊擦拭著那油燈的玻璃罩子，我漸漸的隨了她那有催眠魔力的聲音，拖著想像的腳步，踟躕於邯鄲道上，忽然，門外傳來了馬嘶人語，更夾雜著慵懶稀疏的駝鈴，我匆匆的跑了出去，對面小客棧的槐樹下，散亂的站著一些遠方的客商，帶著滿衣的塵沙，今夕他們將在異鄉的星光下，暫歇行腳。我大張著眼睛凝望著他們，更充滿了好奇的諦聽著那些難懂的外鄉口音，我猜不出他們明日神祕的行程，是到更遙遠的繁華城市，抑是走向那無垠的大漠？林婕，如今我也如駝背的遠行客，又蹉跎盡一日的時光，更茫然於自己明日的途程，是走向那遠方的城市，抑是蹣跚於無垠的荒涼大漠？林婕，我深感到迷惘了，幸而我手中還持有一枝燭，這是一枝純以蜜蠟做成的燭，好似舊詩中所說的蜜炬——我凝望著它，聯想起百花齊放的仲夏，和群蜂的嗡嗡之聲，我竟忘了如今已是清秋時節。

我起身將蠟燭燃亮，它那透明的淡象牙色，與黑絨的夜幕是如此的諧調，而呈現出一種最高度的美。

我守望著這枝燭，燭守望著夜，一點光焰在我的心中顫搖，林婕，你知道嗎，那是對於明日的希冀。

三

林婕，夜幕垂下來，雨已漸漸的停止了。

世界上的一切都已睡去，只有壁上的鐘在走著它不變的圓圈路，安詳而有節奏，此外，陪伴著我的就是那一瓶花同那盞不眠的青燈了。那束槿花還是清晨一個朋友送來的，時至午夜，已呈憔悴之態，只有那一盞燈，光芒在暗夜之中愈加輝耀，像是一個智慧的哲人，睜著他那雙澄澈的眼睛，向沉沉的夜色，發出了譏諷的微笑，作著無語的挑戰。

十多小時的案牘勞形，我已感到身心俱疲，我垂下頭正欲尋夢，但是那盞燈以它溫柔的鵝黃光輝流照著我，喚醒了我，似乎在說：「振奮一些吧，瞌睡的靈魂！在過去，你浪費的時間已是太多了，在許多晴美的春朝，你用來畫夢，在人生的日午，你用來嘆息，代替了彈奏一支肅穆的生命序曲，你卻消耗時間來編織幻想，也許，你曾經愛過，你也曾被愛過，但後來，花飛水逝，證明那只是最無價值的人生戲劇，你曾嘆惋自己的愚昧，但卻無計斬斷那些情感的亂絲，它們像一些秋草般纏縛著你，有一個時期，你乃陷於極度的傷心絕望，好像瀰漫在你生命週遭的，只是無邊的夜色，是我，夜夜照著你寂寞的影子，並將你喚醒，使你重又聽到時間的壯麗進行曲。人間雖然有暗夜，但那終於會過去的，即使在夜色最深沉的時候，也仍然有著燈火，那象徵著光、熱、愛與美。燈光是大地上的星座，是到人間來巡禮的女神的明眸，在那光波之中，你會聯想起昨夜的星辰和明日的晴暉，你將歡笑，不復憂懼，你更會由那一點光焰聯想到金黃的豐收季節，那芳香的葡萄園中，懸垂枝頭的透明如珠的飽滿果實，你將忘記了人生一切的苦難與不幸，而充滿了美麗的憧憬。夜夜，我如同慈母一般，溫柔的注視著不眠的你，等你寫下對人生的謳歌，對人類的熱愛，以一枝筆試著將人心中的暗雲拂去，而透出一片清曉的微光。」我看看那盞燈，我無語的向它微笑，光明的使者呵，美的聲音，朦朧欲睡的我又醒來了，我感激你的叮嚀囑語，我又拿起了筆，展開了紙，譜出我的心聲。外面，夜正深沉，夜像是一道長河，在燈光下，我聽著它的微波潺湲，祝福你有一個好夢。

四

林婕，前天讀到你的信，為之悵然，你說你的內心每感到煩亂，在這已涼天氣未寒時候，你當真患著季節的感傷病嗎？我以為雖在秋日，我們仍要在心中保留著永恆的春天。你又說：「窗外枝頭的葉子已悄悄變黃，在風雨中黯然離枝，好像我們失去的年光。」也許這是極恰當的詩意的譬喻，但是，林婕，飄落的任它飄落吧，何必徘徊樹下為了無法掇拾落葉而感喟？還是仰起頭來去凝視那些未凋的葉片吧，在它們上面，你仍可寫出生命中最美的詩篇，你還年輕，不必吟哦那些「去日苦多，來日無多」的舊句，拂拭去那些閒愁吧，那最會腐蝕你心樹的生命了。

轉化你的憂愁為喜樂吧，如同在暗夜中等待黎明鍍銀了你窗前的峰頂。

切記，莫惋惜你失去的，應珍視你已有的，在極度的貧乏與病苦中，仍應充滿了感謝，在寂寞與孤獨之中，仍要充滿了喜樂，為了我們仍有生命力去創造一切，為了仍然有真理與我們相伴。手執的杯子中，不是空虛的，卻是滿盈的，其中所盛，不是苦酒，而是塗敷我靈魂的芳香油膏，那乃是造物對我們最好的祝福。

林婕，我知道你置身於一極喧囂的環境中，或者，這是增加你煩惱的原因之一。那麼，你便要努力振拔，自一片喧囂中抽身出來，靜靜的保持著你的緘默，去諦聽自己內心的柔聲，靈魂的微語和思想的妙音，如此，即使置身於現實的歧路，你的心靈絕不會迷途。聽吧，林婕，「我竭力將我的耳朵塞住，不讓它聽到任何外界的聲響，不久，別的聲音一概停止了，我就覺得在我裡面最深處，有一個最微細的聲音開始響動了，啊，這聲音充滿了溫柔和安慰，我聽著，聽著，這聲音答覆了我一切所要詢問的，這聲音是一切智慧和知識的泉源。」

我如此說，並非是自詡自己沒有煩苦的時候，相反的，我有時感到極度的困惑，好像濃霧瀰漫在四野，而一片霜雪，將我能辨出的小徑都遮掩起來，我似乎茫然的失去了方向，而像你目前一樣，感到極度的煩亂。但是，我有著鎮定心魂的妙藥，那便是靜靜的獨坐室隅，打開心扉，細聽其中傳來的最微妙的聲音，再一度，我的精神恢復了澄明，以後，再舉目四望，啊，濃霧簾幕捲起來了，遍地的霜雪已經融化，大道在晴美的陽光下閃著銀色，許多人在上面馳騁往來，尋求著理想中的藍花。

林婕，當你憂苦的時候，煩亂的時候，靈魂感到枯燥不寧的時候，不要忘了你自己內心中有一口井，自其中汲取澄明沁涼的一滴，即可使你獲得喜慰與寧貼，那是無待外求的，治癒自己靈魂痼疾的，還有待於你自己。你不信我的話嗎？看完了這封短箋，你安安靜靜的坐下來，默想的藝術，可以使你發現一切比以前更為可愛，甚至於連你自身也如此。

五

林婕，許多日未接到你的來信了，奈何這樣惜墨如金？我每天都去看幾遍信箱，但是不見你的片紙飛來，只有幾片落葉投到我心中一片秋意。

你是在忙，抑是在病？還是趁著初秋新涼到遠處去旅行了？你的緘默，造成了我心底的哀愁。

幾日來這小城都在落雨，我常常擎一把傘在住處的附近漫步，看那纖長的雨線自天空拖到湖水面，好像有一隻神祕的手，要藉了這釣絲去釣取昨夜失落水底的星辰。但是，湖心是空空的，除了那些殘荷同老去的蓮蓬，此外，便只有為連日西風所濾剩的無邊寂靜了，我已無意再去泛舟採蓮，因為此心已如蓮子，含有一個澀苦的清秋。

入夜，我燃著一枝燭，看它亭亭的立在白銀的燭臺上，像是一座倨傲的小燈塔，又像是一株年輕的白樺，屹立山巔，和我一同俯瞰著夜的黑海，諦聽那潺潺的微波。

窗外的風雨聲中，偶而傳來清脆的車鈴，又漸漸的遠了，微弱不聞。我思念的翅翼飛向遠方，直到一個珍珠色的輕夢將我籠罩，好像秋日的微雲籠罩大地，又好像一片殘荷將湖水遮覆。門外風雨消歇，星子悄然來叩戶，我完全不曾知道，直到午夜，我才自那夢的國度回來，黯然的拂拭著衣上想像的征塵，我更驚悸的看到短燭在抖落著珊瑚色的淚，它已守候我太久太久了。

我轉身去修剪那搖曳的燭花，如同刈剪著夢中的花朵，如同著剪刈我心中漸漸抽長的思念。寂靜中，聽到鄰兒夜啼，聽到才長齊翅膀的雛雞在後院試著牠的新聲，那聲音斷續、瘖啞，有如一個人初次學吹他的笙簫，夜在雞鳴中漸漸褪色，準備抖落滿襟的星子歸去，我默默的在心中儲藏對明日的希冀，留一顆曉明星掛在心頭。我希望生活在明朝會增加一點新奇的情節，一日日的重複著同樣的節目，好像溫習著童年背熟了的詩句，我當真有點厭倦了，尤其在這人間的初秋。

故人相望處，
離思何限。

如果偶而憶起了清真這兩句詞，趕快拾取一片落葉寫幾行寄我吧，林婕！這是涼意初透的秋日，我還不耐輕寒。

珊瑚珠

林達，有人贈我一串珊瑚珠的項鍊，自那顆顆晶瑩的緋色珠顆，我似聽到了海水的微語，宛如自一片落葉，聽到西風的嘆息，那美麗的項鍊，引起我一些幻想，在這初長的寂寞秋夜，我就講一個珊瑚女的故事給你聽吧。

林達，我想你一定讀過法國象徵派的詩人拉馬丁的那本著作：《葛萊齊拉》，評者謂此書雖不算是拉馬丁最傑出的作品，然而，卻是他作品中閃著奇光的一顆明珠，那本書敘述的正也是一個意大利珊瑚女的故事，我今夕所講的，當然沒有他的動人，但是，請你耐心的聽下去吧，只當這篇潦草文章中每一個字句，便是一粒未經琢磨的珊瑚珠，你一定會微

笑的接納我這贈獻，在處理文字上，我本像是一個手工最拙劣的珊瑚女。

隨著我，到那大海的邊岸上來吧，海正在睡著，她的裙衣展開，鑲著銀亮碎浪的花邊。再向那邊望去，海灘上嵌著許多閃亮的貝殼，這一些珍物，正是每次潮汐的餽贈，有些貝殼的樣子是很奇怪的，有的如塔，有的如峰，都是那麼玲瓏乖巧，那邊還有一枚，像座白屋子，而那就是一座真正的白屋子，只因它和海比起來顯得太渺小了，所以往往被人認為是形狀奇特的貝殼了。

那座像貝殼的白屋，靜靜的嵌在海岸上，像是已經有一些年了，到底它是什麼時候建造的，沒有人知道，那個小屋，開著卵圓形的窗子，好像是一隻眼睛，眼睛中映動著一個人影，那便是在窗下辛勤工作著的珊瑚女了。

她在何時來的，自何地來的，沒有人知道，她也從不向別人訴說。她的衣著是簡單的，她那可愛的面容上，也很少表情，與其說她是一個真的人，莫如說是終年著了樸素褐色衣裳的一幅畫，一幅庫帕畫的人像。

她的整個存在，便像是一個難解的謎語。她整日靜靜的垂著頭，在窗前的日影中琢磨著那顆顆的珊瑚珠，偶而抬起頭來，蔚藍的海水，便在她那深黑的眸子中流過……。

有時候，她望著那琢好了的圓圓珠顆笑了，那笑容，像是春天林表的陽光，在杜鵑的呼喚中顯得格外燦美。她的笑，那陽光一般的笑，照亮了她黯淡的容顏，她狹隘的斗室，和那些珠顆，珠顆好像要轉動了，在那粗糙的白木桌面上；有時，她卻流下了眼淚，淚水沾溼了那些小精靈似的珊瑚珠，閃現出一種奇異的光輝，因而顯得更亮了，更亮了，像是化成了一點點的淚。然後，她充滿了感情的將那些珠顆把玩著，摩挲著，更像是將那些珠子看做有生命的東西，溫愛的向它們低語著，說出了她全部的心事，但是一顆顆的珠子只默默的聽著，聽著，而不能答語，但焦灼的以清瑩的淚眼向她凝望著，像是完全理解，充滿了同情，它們更像是知道：與她即將離別。

然後，她再擎托著那些珠子，送回距住處很迢遠的工廠，有人再將它們帶到都市，去套在那些柔白的頸子上，裝飾一個虛幻的美夢。她將琢磨好的珠顆送走了，只將無限的苦辛留下，於是，再以她的時間與精神去琢磨另外一些珠顆，這單調而乏味的工作，日復一日，年復一年的繼續著，重複著。這個珊瑚女所做的，有如一個嚴肅的文藝工作者，琢磨著他的字句，直到它們晶瑩圓潤，由內至外，透發出智慧的奇光與瑰麗，像雪萊所說的詩人們一樣，將快樂與美餽贈給讀者，將辛苦留給了自己。

孤獨的苦作著的珊瑚女也像我們一樣，她的心靈如一個透明的玉杯，其中洋溢著豐富的情感，她有愛也有恨，有快樂也有憂傷，但她卻細心的為感情織起一件衣裳，將一切都隱蓋起來，她不需要表現，因為最真摯的感情是絕不需要表現的。(這一點，也許你懂得最清楚了，林達！)

白天，工作完了，迎著那打開的窗子，她以寬博的襟袖來迎接那微涼的，帶鹹味的海風，聽到鷗鳥嘎然而鳴，她心上思念之絲被引得更長了，她以理智將它剪斷，如同她每晚剪著燈心草一樣，一日日的過去，她更細心的琢磨著那些珊瑚，使它們更圓更亮，圓亮得如同冬夜發光的緋色小燈球，更像新秋垂在枝頭的一些葡萄珠。但是，光陰一日日的向前流過，她不曾注意到她那光潤的前額，卻為時間的利刃所傷，她在鏡子中已找不到昔日的自己，只見到臉上為悲哀佈下的細網。她嘆息著藏起了鏡子，走出戶外，呵，一片茫無際涯的蒼灰與深藍！無言的天空無情的大海平分了她生命的布景，她沒有翅翼衝破了那深灰，她沒有小舟划破那一片深藍，她將儲存在心底的財富——一個個的夢，都擲在大海裡，任它化作泡沫，終於消失，她還得再轉回屋子，向著那些珊瑚珠微笑，流淚，那是生活。

太陽升起又沉下，潮漲又潮落多少次了，但生活中並不曾綻開一朵她丟失了的玫瑰。

林達，每晚當你跪在窗前作晚禱的時候，莫忘記為這珊瑚女禱祝吧，那時候，想她正琢磨完了她那顆顆的珊瑚珠，窗前小立，襟袖上綴滿了星光，細數著她失去的日子。

夜正長，謹以思念的線兒，穿綴起這些字句，算是獻給你的一串並不精緻的項鍊，原諒我吧，我本不是一個巧手的珊瑚女，然而，我卻選擇了這一個工作，你笑我在演著可笑的小悲劇嗎？我自己也明白的。

一位隱逸的作家

初夏的清晨，到處洋溢著一股鮮潔的氣息，我自教堂裡回來，在林蔭路上走過，碎圓的日影，在地上閃爍著，耳邊，似仍繚繞著教堂的鐘聲。

回到家裡，坐在廊前，拆看完了當日寄來的書報，我又拿起了吉辛(C. Gissing)那本散文集，在那溫煦的陽光下，我一頁頁的掀讀著，我似逆溯著時光之流，與那位二十世紀初葉的哲人晤對。他是一位卓越的文學家，但我寧願呼他為哲人，因為這似乎更恰當一些。他並不曾留給我們什麼煌煌巨製，傳世的只有幾本薄薄的散文同小說，在他那清新雅麗的文章中，表現著一種冷眼觀世的態度與悲天憫人的哲學。那份寧靜淡泊，真有點像我國的陶淵明：

> 環堵蕭然，不避風日；短褐穿結，簞瓢屢空，晏如也。常著文章自娛，頗示己忘，忘懷得失，以此自終。

這一段文字，是自陶淵明作的〈五柳先生傳〉中擷取下來的，有人說是作者藉以自況。如今以之形容西方的吉辛，也是最恰當不過的。吉辛以家貧，自十六歲即到處飄泊，鬻文為生，受盡飢寒，直到後來，才稍知名，賣文所得，勉強可以維持生活，他至此已感到滿足。文章中處處流露著一種自足的恬適心境。我的手邊沒有他的傳記，只在他文章中約略可以看出，他終生過的是獨身生活，他的最有名的散文集子：《亨利．瑞克若夫的手記》(*The Private Paper of Henry Ryecroft*) 實際上，就是他生活的實錄，其中有數段，使我讀來愛不忍釋：

這室中無限的靜寂！我已經懶洋洋的獨坐很久了，看著天空，看著陽光的金影照在地毯上，它隨了時間而變化著。我的眼光自一個鏡框移轉到另一個，更沿著書籍的邊緣而逡巡著，在此室中，一切寂然，我能聽到園中的鳥鳴，我能聽到他們振翅，並且，如果我喜歡這樣，我可以整天坐在這裡，進入夜晚更深沉的寂靜。

我覺得這小書屋是美麗的，主要的因為它是家。過去的大半生我是流落無歸的，我曾向自己說：有一天，或許我會有家宅；然而，這或許二字，卻越來變得越渺茫了。當命運悄悄的向我微笑的辰光，正是我已不敢再作此奢望的時候。

我不是個生物學者，但是我很久以來就發現蒐集植物的樂趣了。我高興偶而發現一種不認識的植物，靠了查書才辨知它，當再看到它又出現在我的身旁時，我呼喚著它的名字來致意。如果這植物是罕見的，能夠發現它已使我開心，大自然，這了不起的藝術家，在尋常人的觀矚下創造尋常的花草，甚至於我們認為最凡俗的雜草，那份奇妙與可愛處，也絕非我們的語言所能形容，但這些還是在來往行人的注視下造成的。至於那些名貴的罕見花卉，則是在一邊創造的，在隱祕的處所，在那大藝術家較嚴肅的心情中造成的；能夠尋見了它，我們覺得已獲入一更神聖的境界，而為之欣然，甚至在我的喜樂中，我也懷有敬畏之情。

我閒步多久也沒有關係。沒有什麼要務等著我回去做；我如果總是這麼遲回也無人擔憂著急。春光爛縵於小徑同田野中了，我覺得彷彿要踏過每條展現於我面前的小路。春天使我久已忘卻的少年活力復生，我走著毫無倦意，我像個孩子似的唱著，那是我童年就會的一支歌。

他更有些段文字，寫到星期天的心情，以及夏日的風光，星期日以及夏日，這是兩個平凡而又古老的題目，不知曾為多少作家描寫過了，但是，出現在吉辛的筆下，卻又是如何的清新曼妙，當初夏娃伊甸園中度過的第一個星期天，第一個夏季，想來也不過如此吧？我們看吉辛如何為這兩個題目敷上新鮮的色彩：

這是星期天的早晨，在大地的美景之上，閃爍著明淨溫煦的天空，那乃是夏季用以愉悅我們心目的。我的窗子開著，我看到陽光流上了園中的葉花；我也聽到了鳥鳴，牠們的習慣便是對我歌唱。那些在簷下築巢的燕子，一次再次的無聲的掠飛過去。教堂的鐘開始響了；我聽得出那聲韻中的音樂，似近而又遙遠。

……

在星期天，我比每日下來得遲一些，我脫去工作週的常服，另換一套衣衫，為了更可以適合這精神上休憩的日子。就我個人而言，在任何的時間內都談不到什麼工作，然而，星期天卻給我休閒。我與大家共享那份安謐，我的神思也逃離了那苦作終日的世界，似乎比平時擺脫得更為徹底。

因為我的室宇幾乎是終日寂寂，說我的屋子為何顯出星期天的那份寧靜，頗有點不易；然而我自己卻覺得它與往日不大相同，我的管家婦走進我的屋子來時，臉上帶著星期天特有的笑容，她那快樂的神情，使我看了也覺得高興。如果勿須高聲，她儘可能的以更柔和的語調來講話；她穿的那件衫子，使我想到廚下只有簡單省力的工作來做了。當她不在的時候，我有時到一些房間去看看，平日我是從不進入那些房間的；在這位善良的好婦人的領域之內，我準知道一切整潔光燦，使人的眼睛感到舒服。我整理卷帙，懸掛圖畫，是不會有裨於那一塵不染的氣味芳香的廚房的。我生活的恬適，完全是這位默默的生活著工作著的婦人之力。並且，我敢說我每月付她的那一點工錢，實在與她應得的報償相差甚遠。她是一位老式的婦女，她認為能克盡厥職便目的已達。而她雙手努力所完成的一切，本身對她就是一種滿足，一種驕傲。在這炎熱的氣候中，我願在烈日之下走路。我們英倫三島上的太陽，絕不會炎熱得使人無法忍受，卻在心中引起了一種壯麗之感。在大街上，烈日當空，有點難以消受，但是，目光所及，天上的光彩都使每件平凡晦暗的東西增加了美麗。夏日一些色度很深，線條清晰的影子，本身就非常動人。如果這些影子落在行人稀少的大街上，看來就更為悅目了。我記得有一次看到了那大廈、尖塔、紀念碑的影子，就好像看到一些新奇的東西一般。後來我坐在大道長長的堤壩上，與其說是休息，莫如說是閒適的眺望，我毫不感到疲倦，而正在中天的太陽，仍將它的光輝流照著我，好像將生命注入我的脈管。

……我在這日光輝耀的金色時辰散步，終於來到一株巨大的麻栗樹下，在婆娑的葉影下，它的根株形成了一個很合適的座位。在這休憩的地方，我前望看不到什麼廣大的景色，但僅就我所見的而言，已足以遊目騁懷——那田間的邊緣處，一角荒地已為黃色及紅色的花覆遍，那明麗的紅黃之色，與這日子的光燦，極其諧和。近邊也有一道籬牆，開遍了蛇麻草的大朵白花。我的眼睛凝望著，久久不倦……。

文長無法摘譯得更多，但只就這些段落，就可看出作者的抑鬱、孤獨，但也可以看出他那平和、寧靜、恬淡寡慾的心性與對自然的熱愛。他文章的優美處，是自平淡中見出雅趣來，我們實在找不出適當的字來形容他文字的可愛，如果勉強要來形容，也許只有借用李白的句子：「清水出芙蓉，天然去雕飾。」他的文字之純樸無華，真是極像我國的陶淵明，而他的高潔志行，恬淡胸懷，不也正如陶淵明的詩句所形容的嗎：「少無適俗韻，性本愛邱山」、「久居樊籠裡，復歸得自然」。

吉辛生於一八五七年，卒於一九〇三年，享年四十六歲。數十年地上短暫的生涯，真如一首晶瑩的詩。他的氣質，傾向悲觀，文字在平淡的外表下，實含有深刻的悲哀。使人讀來，如嚼青色的橄欖，又是芳香，又是澀苦，彌覺其味無窮。然而，以這麼一個精純的藝術家，生前死後，並未得享他應有的盛譽，一些英國文學史竟將他輕輕的忽略過去，一字不提，這事使我們這些異國讀者也為他感到不平。也許他那卓越的品格，隱逸的生活，平淡的文筆不易引起一些人的注意，更不為那急功近利的古老帝國的人們所喜，思念及此，不禁掩卷興悲。但他實在是個淡泊名利的人，他生平從不願追求煊赫的聲名，歿後，他那些優美作品，遂也遮掩在一片陰影裡，這黯淡的命運，也許正是他所希冀的？

像贊

——寫給匈牙利一個無名的女英雄

十一月十一日的清晨，我展開了此間的一份報紙，第三版的中心處，印著你的一張照像，是國際社的記者在布達佩斯攝得的，像中的你，在殘垣斷壁之旁，守坐在瓦礫堆上，短短的捲髮掠在耳後，一枝槍放在你的膝上，你指間夾著一枝香菸，深邃的眼睛向前瞭望著……在你相片的旁邊，注著一行小字：

匈牙利革命軍中的一位愛國女志士，在布達佩斯的戰事趨於沉寂時，坐下來把槍放在膝蓋上，抽一根香菸。

我怔怔的凝望著這張圖片，只覺一片神聖的光輝自你的眸子中輻射出來……。在你那清癯的面孔上，我看到了二十世紀的女貞德，不知名的女英雄呵，在此，容你這陌生的東方古國的友人，獻上無限的崇敬。

在你的國土上，這十一月的時候，已正吹著寒風，飄著雪花，而在那淒寒黝暗的冬夜，你們燃燒起輝煌的愛國的烈焰。十年了，俄國人的鐵蹄，踏上了你們的國土，藍色的多瑙河開始嗚咽，它靜靜的滑流著，日夜滑流著，在它心胸的河床上，淤積著更多的悲哀與憤怒，整個的河水，化成了一灘愛國的熱淚。在這淒寒的日子，森林中的幽夢醒來了，藍色的多瑙河揚起了波濤，配合著愛國兒女們跳動的脈搏，多瑙河唱起了悲壯、昂揚的曲子，多瑙河，憤怒的多瑙河呵！自古以來，美麗而溫柔，充滿詩情畫意的多瑙河，有著秋日天空一般透明的碧藍，如今，變成了血的長河了，愛國志士們的鮮血，將它染成了一道鮮豔的帶子，緊緊的，緊緊的縮上祖國大地的邊緣，這一抹血的豔紅中，有一些熱血是流溢自你熾燃的心中。

我再度仔細觀看你的照像，我看到你身上那件寬大的男子的軍服，腳上那雙笨重的男子馬靴，還有你那枝長槍，這枝槍，也許是自你丈夫、兄弟、或兒子的身邊撿起來的，他們在英勇的戰鬥中倒下去了，同伴們告訴了你這消息，你跑到那屍體旁邊，沒有灑一點眼淚，你無言的拾起了他們留下來的這枝槍，也無言的背負起他們未完的任務，拿起了槍，你默默的向家屋所在的方向，瞥視了一下——在那古老的房子裡，或者有你白髮的老母，同那才學語的幼女，但你已顧不得她們了，同著一些伙伴們，向炮火正濃處跑去，那一刻，你已渾忘了一切，你只記著：我是祖國的女兒！

在路上，也許正遇上你的鄰居們，她們正揹著一些乾糧同衣物，預備逃向奧匈的邊境去，她們倉惶的向你揮揮手，大風雪中，她們的淚眼同鼻頭是那樣的紅腫：

「逃吧，俄國人的坦克來近了！」

但你向她們含淚作別，鎮靜的說：

「你們去吧，再見了！至於我呢，我要踏上我的丈夫、兄弟、兒子留下的血的腳印，即使死，我也要死在匈牙利的天空下，匈牙利的土地上。」

她們推擠著，啼泣著走遠了，你在那已化作堅冰的積雪上跪了下來，摸弄著頸際那只金質的小十字架，那是你的丈夫在結婚時送給你的，你遙望著灰色的天邊，開始了無聲的禱祝：

「主呵，為了正義與真理，我願獻出了我的所有，願你的光輝照射著我，和我多難的祖國，祝福它自魔鬼的枷鎖中掙扎出來，而得自由的歌頌你的愛與仁慈。」

近邊一個擔任守衛的同伴，遞給你一枝菸，他溫和的笑著：

「我國鬼子們暫時退卻了，吸一枝吧，養養神好等待著他們再來！」

你接過了那枝菸，借他的打火機燃著了，你坐在那堆瓦礫上，望著那嬝起的淡藍煙紋，開始了沉思……，你想起了十五年或二十五年前的十一月的一個日子，那天你們才結了婚，自城南的教堂中走了出來，你含著幸福的微笑，挽著你的丈夫的手臂，鄰女們向你們拋散著鮮花同彩紙屑，她們都以羨慕的眼光，凝望著你們。你的丈夫是一個技藝精熟的製鞋匠，在一條不太喧鬧的街道上，開著一家鞋店，樓下是店鋪，樓上便是你們的住宅，屋子並不太寬敞，但卻是溫暖而舒適的，屋後更有一片小小的花圃，婚後的光陰充滿了陽光與歡笑，他在忙著店中的事情，你則操勞著家務，誰都誇獎你們的店鋪比誰家的都整潔，那幾面玻璃窗，在你每日的拂拭下，閃著那發光燦的清光……。第二年，你們的小彼得出世了，生活變得更為完滿，屋子裡終日是歌聲、笑聲，與你推動搖籃的聲響……。

但是，一天俄國人的多毛魔掌伸過來了，奪去了你們的歡笑，毀壞了你們的幸福，每個匈牙利的人都變得貧窮了，更沒有人來買你們店裡製的新鞋子，你們陷於可怕的饑饉，你的丈夫終日奔波著，為人做著零碎的短工，更不能維持一家的溫飽，你們的小彼得變得多病而消瘦，你豐滿的面貌變得蒼老而憔悴了……。每晚，在那光影微弱的燈下，你們暗暗的對泣：

「是誰使我們如此痛苦飢餓，是誰掠奪去我們的一切？是誰，是哪一隻罪惡的手？」

你們失神的眸子中，同時閃現出憤怒的火花：

「早晚有一天我們會復仇的，這日子不會太遠了。」

當真，這偉大的日子終於來臨了，匈牙利在怒吼了：「強盜們，滾出去吧！」

男子、婦女、孩子、學生們都參加了戰鬥的行列，每一個窗口，都展開了戰鬥，子彈用盡了，瓶子、木棍、石頭，都是最好的武器，……匈牙利人民是不願做異邦奴隸的，反俄的怒潮洶湧了，藍色的多瑙河面，飛上了白色的雪，染上了紅色的血……，那壯烈的呼聲，如黎明的鐘聲，響徹了世界：

「我們要自由！」

……你默默的想著，你向你家宅的方向瞭望，呵，那裡，俄國人的炮彈正在燃燒著，什麼也望不見，只是一片火光，在那裡，有昨天冒著炮火趕來探望你的白髮老母，有你那才學語的愛女……。你默默的起身，石像似的佇立在那兒，你的眼中，沒有眼淚：

「主呵，感謝你給了我這麼一個機會，為祖國獻出了我的一切。」

你佇立在那裡，你的偉大的身影，也永遠屹立在全世界愛好自由的人們的心中。可敬的自由鬥士呵，在這裡，迢遙的東方古國的一群，向你伸出了灼熱的手，你失去了你摯愛的人們，但你獲得更多敬愛你的心靈。

可敬的匈牙利的女貞德呵，十一月十一日自報紙上看到你的照片後，又有多少個日子溜走了，在這些時辰裡，不知你又參加過多少次戰鬥了？我在這裡默默的為你祝福，但願你平安無恙，美麗的女英雄呵，在這世界上，每一塊石頭都要為了你們的壯烈事蹟而落淚；如果你不幸在炮火中倒下去了，你的永恆塑像，卻在我們的心上豎立起來了，驕傲的微笑吧，你偉大的靈魂！

寫給阿泉

這些天不知為了什麼，常常憶起一些故鄉的人和事，阿泉，我更常常的憶起了你，你那微僂的小身軀，那顯得略大的頭顱，那露齒的憨笑，時時在我的記憶中閃動，同時，更使我聯想起格瑞的句子：

> 但向著可憐的他們，知識不曾展開古老的書卷，貧寒凝結了那活潑的心泉。

凝結了你那活潑的心泉的，不是貧寒，而是不幸。你應該是智慧，有才能的，誰能說那泥汙的笨拙的小手不會彈奏起美妙的弦琴，誰能說

那瘖啞的喉嚨不能唱出天才的詩篇？但你那個受盡人間折磨而心靈滴血的母親，使你的生活上籠罩了一層暗影，你的才能、心智，遂如五月的花蕾，未及展放，即遭到摧折，世界上，像你這樣不幸的孩子是太多了，純淨如珠的小靈魂，終生在黝暗的海底沉埋，在一切的悲劇中，我以為這是最大的。

記得有一年我放暑假回到家鄉，那正是夏天的日午，一切都那麼靜寂，窗前的玫瑰在低頭沉思，藤樹也在小睡，我和姊姊坐在窗前，單調的蟬聲漸漸將我催眠，但忽然自村前的打麥場上傳來了淒厲的呼號，聲音裡夾雜著稚弱的啼喚，我揉揉眼睛，推著身旁的姊姊，她站了起來，望著窗外，憮然的說：

「呵，那個瘋表姊又在虐待孩子了。」

我匆匆的跑到麥場，一片金光在地上泛濫，草木都顯出疲憊的神態，沒有其他的過路人，只有一高一矮的影子在繞場奔走著，前面是你的母親，後面便是那個才學步的你。你的母親著了一件肥大的布衫，腰間繫一根帶子，頭髮披散，滿面是汗水泥垢，她一壁奔馳著一壁發出駭人的呼聲，她奔跑了幾圈，便在一塊大石上坐了下來，自懷中掏出了一隻貓兒，她的眼睛發出熱烈的狂焰，拍撫著那隻有花斑的小貓，口中發出不清楚的柔聲低喚，貓兒也應聲咪咪的叫了起來。後面的你看到母親坐了下來，小臉上立刻湧起笑容，步履蹣跚的才挪移到母親的身邊，而那個瘋狂的母親又狂叫一聲：「啊，你又來了嗎？」將貓兒掩入懷中，一枝箭似的射了出去，轉眼已跑到麥場的另一端了，可憐的你，哭著仆倒在地上。

後來我們才發現，在你的母親病態的心理中，將你誤認為是你那薄倖的父親，而將那溫柔的母愛都交付給那無知的小貓了。不幸的婚姻摧殘了你母親的身心，也摧殘了稚弱的你，這樣的生活，竟使你病倒了，痊癒後，你似失去了心智而變得痴呆了，我每次走過你的家門，常見你倚門而立，一語不發，如同一個木偶，從此，村中人竟以「痴子」來呼你了。

有一次我再度回鄉，很喜悅的聽到人們說你母親的狂癲病已痊好，你也不那麼痴呆了。一天，你的母親帶著你來看我，我順便留你們住在我的後院。我見你已經長得高了一些，但比同年齡的孩子，卻顯低矮，著了一件灰布的棉衣，長過膝蓋，見了人仍然只會痴痴的露齒而笑，兩枚過大的門牙閃著白色的光燦，那憨態引我流淚，我默默的思念著我能為你做點什麼。

改換了一個環境，你似乎也變得活潑了，當我看到你的小臉上閃發出愉快的笑容，在那株杏樹下跳躍的時候，喜悅的火焰也在我心頭點燃了。但是你那可憐的母親又在呵斥了：

「阿泉，不要動！」

你立刻停了下來，臉上又恢復了那痴呆的表情，木然的挺立在那兒，像一截樹樁。我不知道你那母親心裡在想些什麼，卻又不好意思勸阻她管束你。

幾天過去了，在我的愛撫下你似乎又快活一些了，對你的母親，也不似那般畏懼了，有一天，隔壁嫁姑娘，你竟大著膽子瞞住一切人，走到外面去看花轎，轎走了，你也跟著走了。直到中午不見你的蹤影，一家人都忙著找「痴子」，直到黃昏，你才悄悄的出現了，呆立在那株杏樹下面，望著我痴痴的笑，露著那過大的門牙，問你到哪兒去了，你說：

「跟著花轎去了。」

又問你如何回來的，你說：

「跟著花轎回來的。」

家中的僕人對你又是一陣訕笑：

「真是個痴子！」

你的母親對你的「虐待狂」又似發作了，迫你在杏樹下面跪著，在那午後的日影下我看到你的額頭滲出汗珠來，但厚厚的唇邊，仍然不改那痴憨的笑容，那一刻，你顯得是如此的可愛，我立定心願為你找到幸福。

我試著教你讀了幾個字，你並不像一般人想得那麼笨，你一連串的讀著「二」字時，那充滿了歡笑的聲音，至今仍在我耳邊響動，我決定送你到一個補習學校去，畢業後再去學工藝，有一技之長也好養活自己，當我為你買來了新的帆布鞋子，和那頂過大的帽子，你扯著我的衣袖又在笑了：

「阿姨，你真要送我去讀書嗎？人家不是都說我傻？」

我緊緊的握著你那粗糙發涼的小手：

「孩子，誰說你傻！你只是沒有機會發展你的聰明罷了。」

你聽不懂我的話，歪著頭在那裡想，小臉顯得紅脹了。

還未曾將你送進學校，在赤焰的燃燒下我不得不離開故鄉，在我離去的前夕，我將二百元金圓券交給你的母親，請她為你買一點生活上必要的東西，但那可憐的婦人竟一把拉了你過來，將你那灰布的棉衣拆扯開，塞進那一疊硬硬的紙幣，又拿針線密密的縫了起來，更一邊在囑咐你：

「別教人看到！」

你呆呆的坐在那裡，任你母親扯著你的衣袖一針針的縫了下去，唇邊仍然是那痴憨的笑。

阿泉，可愛的孩子，幾年來不知你是怎樣過活的，你那件灰色的棉衣想早已破舊了，那幾張紙幣，仍縫在裡面嗎？我後悔不曾留給你們一點較實用的東西。

一連幾夜月明中，夢見了故鄉，同故鄉中的你，我也在歸夢中看到了那株枯了的杏樹，以及你在樹邊對我說的：

「阿姨，你真要送我去讀書嗎？不是人家都說我傻？」

孩子，我辜負了你那天真的依恃了，什麼時候我才可以送你去讀書，什麼時候我才可以為你找到光明、溫暖、美麗、幸福，那些生活的暗夜中誘人的燈影？在我的淚光中，我又似看到你的唇間閃露著那燦白的過大的門牙，流漾著痴憨的微笑。

栗色馬

那正是北方軍閥混戰的時候，父親才去世不久，我自×城被送回故鄉，偎依在我唯一的親人——祖父的身邊，在那盜匪如毛，有苦海鹽灘之稱的小縣城的鄉下，住了下來。

記得那是一個炎熱的六月天傍晚，蟬兒在柳梢無力的嘶鳴著，村人們在燃燒蓬蒿，驅除蚊子，那苦澀的氣息，在微風中飄散著，落日已沉到村前的叢林裡，大如車輪，閃發著病態的暈紅，看來竟有幾分可怖。

祖父和我正坐在門前的青色石碾上，他搖著一柄蒲扇，靜靜的吸著他的菸管，看著幾個佃戶自那一輛輛的牛車上卸下麥捆。那些淡金的麥穗上，似是透發出一股輕微的芳香來。旁邊的一截老槐樹樁上，繫著我

那匹栗色的馬——平時，我呼牠為「栗子」的，牠是祖父一年前特為我買了練習騎射的，每當我昂揚的跨在馬背上，祖父總是笑著呼我為「神氣的小騎兵」。長工老李適才已帶牠到河邊飲過水了，此刻，牠正噓著氣，咀嚼著黃豆拌乾草的飼料，牠的整齊鬣毛，浴在落日的光輝裡，閃發著古銅般的光彩，牠更輕輕的甩動著那拂塵似的美麗長尾，頸間一串黃澄澄的小銅鈴，也不時發出清脆的微響。我凝望著牠，手中捏著那根短小精緻纏有金線絲繐的馬鞭，充滿了喜悅與驕傲。

祖父自荷包中掏出一把菸葉來，按在旱菸袋鍋上，輕輕噴吐著青色的煙紋，他更笑吟吟的為我講了下去：

「那個綽號叫『沒耳朵』的搶匪，聽說是因為報仇才落了草……，據說他實際上卻是個心地很好的俠義的漢子……。」

我納罕的追問著：

「爺爺，是不是他生下來就沒有耳朵？」

「我也沒看見過這個人，人家都說有一次他被官兵捉住了，削掉了他的一隻耳朵，人們還說，因為他丟了一隻耳朵，所以總愛歪戴了帽子遮掩著，還有，他總愛穿一件黑色的緊身衣，身手矯健，神態瀟灑……。」

我安靜的聽著，一邊用自己童稚的想像力在心上摹描起這個盜魁的模樣來。

暮色漸漸加深了，星星像一口口清亮的水井般，閃著淒冷的光芒，遠處種植大麻的水田同池塘裡，送來了一陣聒噪的蛙鳴……。忽然長工老李臉膛紅脹著自村外飛奔而來，滿頭是淋淋的汗水，他衝到祖父的身邊，一壁摘下他的斗笠：

「老爺子，搶匪們自孟莊向我們村子湧來了，大約還有一里路的光景，……我看你老人家還是帶著哥兒趕快逃吧。」

祖父驚惶的站了起來，一把拉住了我，更走到樹椿前把那匹馬「栗子」的拴繩解了下來，他回頭向著老李說：

「我帶著哥兒先走了，你把大門關好，下了栓，然後跳牆出來，到村外去找我吧，不要守在屋子裡，我們也沒有什麼東西，隨他去好了。」說著，一手拉了我，另隻手牽了馬踉蹌的向村外走去。

村外不遠正好有一座很大的穀草堆，像一間屋子大小，緊傍著一片瓜田，瓜已熟透摘淨了，此刻只有凌亂縱橫的一些枯秧敗葉，看守瓜的人搭築的小棚子，也被荒涼的棄置在那兒，祖父把那栗色的馬趕入棚內，外面又用一些枯草掩了，然後拉了我一同隱藏在那穀草堆的後面，一片陰暗清涼的影子遮蔽了我們。

呆坐在那兒半晌，並不曾聽到什麼動靜，長工老李也沒見影子，我變得不耐煩了，站起身來，輕輕的向穀草堆上爬去，自它那尖頂子後面，我向四周瞭望著，我看見田間的路上，正有一些輛板車，向我們村中疾馳，塵土在夕陽的光影中飛揚著，竟像是滾滾的濁浪，我不禁驚懼的呼喊：

「爺爺，這些車子上的人就是搶匪嗎？」

祖父聞聲也爬上了那穀草堆，伸出一隻手來按住了我那昂起的小小的頭，更將我拉扯到地上：

「淘氣的孩子，你真不要命了，別亂嚷，看樣子他們是要自村南圍子牆的缺口處進來，我們藏在這兒，大約不會被他們看到吧，可是，你記著，千萬別再巴望了，他們是有槍的呢。」

我像尊泥菩薩似的重又呆坐在那片黝暗的陰影裡，聽到那匹栗色馬孤單的在棚子裡低聲的咻咻而鳴，我感到窒悶而又焦躁，溫熱的向晚的空氣，竟漸漸的將我催眠了。

醒來我發現自己睡在村中一個劉姓老婦的磚匟上，祖父踞坐在一旁，匟沿的木條上，擺著一盞豆油燈，……如今，事隔多年，每憶起那淒苦的暗夜，那微弱的光焰，猶似在我的心頭顫抖。

我隔了窗紙的破洞，向外巴望著，天邊的星子更多了，如同誰散了一把碎米，簷頭的草葉在輕輕飄動著，夜風已微有幾分涼意。我轉過身來撼動著正在打瞌睡的祖父：

「爺爺，我們那匹馬呢？」

祖父以溫熱的手梳理著我短短的額髮：

「我已叫老李把牠帶到高粱地裡去了，關在那棚子裡並不安全，因為牠總愛嘶叫。」

我揉揉惺忪的眼睛，迷茫的問道：

「那不會丟嗎？」

「不會的，高粱已長得很高很密了，馬藏在裡面，誰也看不見的。說話小點聲，聽說搶匪們已在村中搜索我們好久了，他們要逼我們交出那匹馬。我方才已囑託過這家的老太太，萬一他們到這兒來了，千萬別說出我們的真姓名……。」祖父以那黯淡無光的眼睛望著我：

「你今天竟是穿了一件綢衫呢！」說著他伸出顫抖的手將我那衫子的前襟撕破了。我伏在他懷裡低聲的啜泣，這悽慘的情景使我痛苦、迷惑。但在我的內心深處，同時又不禁生出了一種好奇，我渴望知道搶匪到底是什麼猙獰的面目，還有那神祕的人物「沒耳朵」……我拭拭眼角的淚珠，悄悄的拉著祖父的衣襟：

「爺爺，他們會不會到這兒來呢？」

祖父並沒回答我，只用手掌將我的嘴堵住了，這時，屋外傳來了噪雜的人語同腳步聲。

屋子突然照耀得通明了，我眨眨眼睛，童心裡感到悸怖卻又感到新鮮，這就是故事中綠林的人物嗎？我多失望呵，幾個彪形的莊稼漢，出現在我們的磚匠前面，手中執了火把和土槍，槍上還繫了一條搶來的花綢子。其中有一個黑臉膛，濃眉毛的，怒聲逼問著隱在屋角的劉姓老婦：

「快說，這兩人是不是×家的老頭子同他的孫兒？」

祖父和我怔怔的望著那個老婦人，我的心劇烈的跳動著……。她是多麼仁慈，又是多麼勇敢呵，我們聽到她嗄啞的、斷續的聲音：

「你說的什麼？我的耳朵有點聾呢。」她在敷衍搪塞著。

「快說，別裝傻，這一老一少是不是姓×？」

「老爺們，這哪兒是×家的人呢，他們早逃掉啦，這孩子是我的外孫兒，在我這裡住幾天，那個糟老頭呢，你們難道還不知道，就是村子裡賣舊銅爛鐵的那個嗎？」聰明的老婦人用衣袖擦拭著眼角，更假裝不經意的打著呵欠。

「小心，若是我們查了出來，不會輕饒你這個老太婆的。我們的頭目，想向他們借那匹栗子色的馬，他們卻這麼嗇苛，藏起來了，哼，看他藏在哪兒！」說著，那漢子舉起了那枝土槍，拍的一聲，一粒子彈自祖父的耳邊穿了過去。我看到他雙目緊閉，面色死白，我伏在他身上大哭：

「爺爺，醒醒，他們已經走了。」

祖父半晌張開了那雙愁慘的眼睛，緊緊的摟住了我瑟瑟的小身軀：

「孩子，孩子，說呵，你的爺爺還是活著的嗎？」

我已哽咽得回答不上來，只痴痴的點著頭。

那個好心腸的劉姓老婦站在一邊淌著眼淚：

「天哪，什麼年月！」

她轉眼看到我身旁那一條精緻的小馬鞭，像發現一條毒蛇似的驚叫起來：

「小禍害，這時候還帶著這個做什麼，如果萬一被他們看見了，你還能說不是那匹馬的主人嗎？」她捏起那根鞭子走出去了，我也沒有勇氣詢問她要扔在什麼地方。

一鉤上弦月，不知什麼時候已照上了窗櫺，慘白得如同紙剪的，村中有稀疏的槍聲，遠處更不時傳來斷續的夜鳩啼喚，我又惦念起那栗色的愛馬，在高粱田的露水下，牠是否覺得淒冷呢？……忽然，暗黑的夜空被熊熊的火光燒紅了，一條條黑龍似的煙柱升騰起來，那鉤慘白的月亮不知是躲藏起來了，還是被燃成灰燼了，已消失得無影無蹤。

祖父向窗外探首而望，他嘆息著：

「但願天保佑，著火的不是我們的宅子……。」

那個老婦人幽靈似的悄悄走進來，她嗄聲的向祖父低語：

「你家的房子被土匪燒了。」

祖父嗒然的低垂下頭，在微弱的燈影裡，我看到淚珠流到他的消瘦的頰邊，他像是在自語：

「可嘆，那房子還是我們的祖先留下來的。」

懵懂無知的我，頭一歪卻睡倒在祖父的身邊，睜開眼睛，黎明的銀光，已浸透了窗紙，只見長工老李頭髮蓬亂的叫嚷著衝了進來：

「老爺子，賊走了，我們家的房子燒掉了一半，幸虧昨晚的風不大，只東邊幾間廂房燒光了，火起時，我斗著膽子跑了進去，把神主匣子搶了出來，放在對門王家了。才慘呢，我家養的那幾隻大肥鵝也被他們殺著吃了，你老人家趕快回去看看吧。」

「回去不見得安全吧，他們會不會再來呢？」祖父在遲疑著。

「不會再來了吧，村裡不知哪裡傳來的訊兒，說是直奉戰爭中潰退下來的李督辦的兵也許要自我們村中經過，只要供應茶水就好了，沒有什麼了不起的。」

老李說著，將我輕輕的一舉，揹在身後，一隻手又去攙扶祖父：

「回家去吧！」

我伏在他的脖頸上：

「老李，咱們的馬『栗子』呢？」

他咯咯的爽朗的笑了起來：

「你放心好了，哥兒，我的兄弟在田裡餵牠草呢，水也沒短著牠的。一會兒咱們就把牠牽回來，你騎著，到村外去跑個圈兒，散散悶氣。」

祖父自衣袋中掏出了幾塊銀洋，道謝了劉姓的老婦人，我們便跨出那低矮的柴門。

劫後村中的清晨，仍是那麼可愛，那片棗樹依然吐放著細碎的小花，在露水下閃爍著一片青碧。同村一些出去避難的人，陸續自外面回來了，大家都以含淚的眼睛相望著，彷彿自一場噩夢中醒來。

我家的院牆，只餘了焦黑的半截，一株無恙的老柳樹探出了身子，我不禁嚎啕大哭起來。

老李掏出他那粗布的帕子，頻頻為我拭著眼淚：

「哥兒別哭，你哭，爺爺就更傷心了。等到那打直奉戰的李景林督辦的兵來了，我們就不怕了。」說著他遙指著村前一小隊蠕動的黑影：

「看哪，那不是來了。」

祖父蹣跚的走了上去，他向那一支兵隊深深一揖，道了辛苦，他更絮絮的向他們訴說著遭匪劫的經過，請他們為我家申怨。這時候，我卻興高采烈的拉著老李逕向高粱地去找那匹馬了。

當我滿懷抱著餵馬的青草，興沖沖的跟在栗色馬的後面，走向那敗瓦殘垣的家宅時，只見那一小隊兵正坐在我家門前的長凳上喝茶。其中有一個細長個子的，見了那匹馬便驀的站了起來，面上閃著喜悅的光輝，他以手輕輕的拍撫著馬背：

「好漂亮的一匹駿馬。」

我站在一旁誇耀的說：

「是我的馬，爺爺為我買的，他要我做個小騎兵哩。」

那人不言語，仍繼續撫摸著那匹馬，他的面色突然變得沉鬱而可怕了：

「這分明是我們走失的一匹戰馬！」

老李機警的趕快駁他：

「總爺，這馬是我們哥兒的，你是和我們鄉下人開玩笑吧，我們餵養牠快一年了，村子的人都知道。」

「閉嘴！」那人說著舉起他的槍來，我看到是一枝土槍，我囁嚅著：

「馬兒是我的，牠是栗子色的，我們都叫牠栗子。」

祖父先是惶惑的在一旁觀望著，末了，他忍不住了以極溫和的調子說：

「總爺，我看就那麼辦，我們用鞭子抽撻這馬幾下，如果牠向我的門口走去，就是我家的，不然的話，就算是你們的。」

那個身材細長的潰兵，冷酷的點點頭：

「也好。」

嗖嗖幾聲，祖父揮起了那長長的鞭子，我不禁心跳著在旁邊唸叨：

「栗子，栗子，回家去呀！」

多感人的情景呵，那匹可愛的馬兒引頸嘯鳴了兩聲，一溜煙的躥進了我們那遭過火焚的傾斜的門檻。祖父高興的咬著他那枝旱菸管，老李望著那個潰兵發出了嘲弄的微笑，我則跑進院子，把馬拉在手裡，親暱的以面頰貼著溫熱的馬腹，我輕輕的向牠說：

「栗子，可愛的栗子！」我看到馬兒向我眨動著牠晶亮的眼睛，似乎也要流淚了，牠好像在說：

「小主人，我是捨不得離開你們的。」

但我驀的被一隻瘦嶙嶙的大手推搡開了，那個細長身材的潰兵一躍上馬，當他才抽出一把短刀預備向馬臀刺去，催促牠快跑時，我聽見祖父在旁邊嘆息著：

「唉，如果那個綽號『沒耳朵』的搶匪頭兒來了，他也不會硬搶我們的馬呀，我聽說他是一個俠義的漢子呢，可嘆你們卻……。」

祖父的話還沒有說完，一個奇蹟卻出現了，馬背上的人受了魔咒似的跳了下來，他因為內心激動，面部的肌肉似也在抽搐了，兩撇濃黑的眉毛下，那雙深沉的眼睛，射發出那麼感人的光芒，他緩緩的走到祖父面前，把馬韁繩塞在他的手中：

「老先生，我送還你的馬，我真是太下流了，不該喬裝軍閥的潰兵來騙你們自田中牽回了馬，昨夜，也是我的弟兄們幹的事，……你的話，感動了我……。」他並沒有流淚，但是他的言語卻比眼淚更激動人。

祖父怔怔的望著他：

「啊，你是……。」

那個人並不言語，只慢慢的拉下了他那歪戴在一邊的帽子，我們這才看清楚，他穿了一身黑色的緊身衣，整齊、利落、瀟灑。他左邊的一隻耳朵，是沒有了的。

文苑

——一個學生們編的刊物

想起來已經是十多年前的事了，那時我剛考入古城的一所教會學校——輔仁，一年級的課程比較清閒，時間便都在看小說織毛線中消度過去，正好那時有幾個愛好寫作的同學，組織了一個文藝座談會，邀社會系一位姓唐的女同學和我參加，我們覺得這是一個很有意義的課外活動，便毫不猶豫的加入了。

古城文津街的國立圖書館前的花圃，是一片極其清麗幽靜的小天地，蒙茸如絲的碧草上，放置著石桌石凳，花葉交織成的精緻圖案，色素淡淡的散佈石上，我們便挑選了這裡作為座談的場所。記得第一次研討的題目是「哈代小說中的宿命論」，這本是一個極其膚淺的題目，但幾人居然發言踴躍，情緒熱烈，談得津津有味。此刻憶起，不免失笑，但也深深感覺到：幼稚與無知，實在也是一宗幸福。

後來，這個小小的文藝團體，竟擴展到故都城外，海甸燕京大學的一些文友，也做了我們那文藝座談會的會員。每逢一個月最後的週末，大家聚晤，談來談去，都深感自日偽侵占之後，北方的文藝界是一片荒涼，為了激發同學們的愛國心志，更為了鍛鍊自己的寫作技巧，實有創辦一個文藝刊物的必要，這也是在那時代的腥風血雨之中，為文藝保持一片乾淨土的唯一辦法。一些年輕的孩子們，性急心熱，說做就做，沒討論幾次，這辦刊物的計畫便接近成熟，只是刊物的名字，卻煞費躊躇，最後決定用「文苑」這個亦典雅亦通俗的名字。名稱既定，便是稿件及印刷的問題了，當時計劃分別向燕京及輔仁兩校的教授及同學徵稿，此外，每個發起人都要搜索枯腸，各交「得意之作」一篇，同時更要搜索一下各人的荷包，作為刊物的印刷費。計議既定，大家分頭努力，不久，稿件都齊了，內容雖說不上是多麼完美，卻有幾篇極富學術價值的文章，記得其中一篇是一位姓劉的教授寫的〈老殘遊記補闕〉，那位作者本來是《老殘遊記》的作者劉鐵雲的後代，所以他這篇作品的資料，極其信實可靠。另外，更有一位美國教授謝迪克寫的〈一外國人眼中的老殘遊記〉（這位教授是燕大外文系的，珍珠港事變發生後，被日軍拘囚，每日唯砍木柴，讀中國的《文心雕龍》自娛，他是熱愛中國文化的）。當時為《文苑》創刊號寫稿的，還有中法大學的幾位教授和輔仁的儲皖峰、余嘉錫教授等，可以說在古城中一些有風骨氣節的學者作家們，都為我們羅致來了。

那時日本也掛著提倡文藝的幌子，希望藉了一些低級趣味的作品，以遮掩他們刺刀下的一片血跡與啼痕，一些忠愛國族的青年人，都不願給他們寫稿，更不屑去購讀。《文苑》出版後，以內容純淨，態度謹嚴，立即博得讀者們的讚譽，這個小刊物竟儼然成了文壇上一顆發光的星子，使我們幾個創辦人大為興奮。但是，連帶也發生了一個小小的問題：《文苑》是一個十六開本厚達五百多頁的刊物，為了爭取讀者，書價定得極低，而我們又不願刊載商業性的廣告，使刊物顯得駁雜凌亂，這麼一來，書出後便收不回成本，印刷費幾乎期期都鬧恐慌，創刊號的印刷費原是由我們幾個人量力捐出的，更有一部分是由同情、贊助我們的教授慨解義囊，但在淪陷期間，大家的生活皆極清苦，捐款的辦法絕非長久之計，後來，輔大當局看到這個刊物，還有繼續存在的價值，更為我們的慘淡經營的苦況所感動，決定由校方擔負印費，刊物也就變成正式的校刊，易名為《輔仁文苑》，仍接受各私立大學師生的文稿，每三個月出版一次，後來雖為了不得已的原因而停刊，中間卻從未脫期過。經費的困難解除了，幾個人的精神格外振奮，每逢集稿的日期，便在學校的寬敞會客室或點綴著黃葉蒼苔的校園一角，開一個編輯會議，由每人輪流作東——一包北地的特產脆棗、幾兩甘草花生同「瓜子大王」，邊吃邊談，有時為了一個古怪的文句而縱聲大笑，有時因了一篇文章的去取而爭得面紅耳赤，我們的見解容或不一致，但有一個基本的共同原則，那是：盡力保持刊物內容的純潔與崇高，使它在文藝以外，更富有愛國抗敵的精神與意蘊。

第二年，學校當局更撥了一間原住單身教職員的屋子給《輔仁文苑》社，作為編輯室。猶記得那是舊式的建築，窗門都是雕刻的木槅，上面糊著白紙，深冬黃昏，幾個人啜飲著熱茶，閱讀來稿，耳邊聽到窗紙在風中拍拍作響，如同歸鳥振翅，覺得別有一種情調。有了這個據點，我們不必再為「編輯桌無處放」而發愁，大家一高興，精神更是振作，刊物的內容，也逐漸有了進步。學生們的刊物當然說不上好，但內容卻益趨堅實，所載的文章中，字裡行間更時時流露出濃重的反對敵偽的色彩與意識，一些青年讀者們，為此更對這刊物格外愛護了。銷路漸由北平而推展到津沽、唐山一帶，那一股由文藝推動的愛國熱浪，更激濺在每個讀者的心靈深處，這對我們是最寶貴的精神報酬，幾個人越編越勇，常常為了編寫的事而廢寢忘食。等到書印好了以後，大家又忙著包裝、寄遞，並分送到每個學校的代銷處，有時頭上頂著一輪炎熱的太陽，有時踏著寸厚的積雪，奔走於古城的街衢，不以為苦，反覺此中有無限的樂趣。

但是好景不常，當這個刊物進入第三個年頭時，卻遭到厄運。一天，由周作人主持的偽教育督辦總署，給《輔仁文苑》社來了一紙公文，大意是說，這個刊物辦得還不錯，「總」署每刊擬給若干津貼。並且要我們每個編輯人填具姓名、籍貫，以及三代宗親的名字到「總署」去「登記」。我們接到了這個文件，個個氣憤不已，我們這個純潔的刊物，怎能接受這筆骯髒錢而弄得一身汙垢呢？幾個人商量之下，決定來個無言的抗議：停刊！至於對那一紙煌煌的公文的處理辦法，則是送它到爐中「火葬」，給他來個相應不理，這給了周作人的「教育督辦總署」一個「沒面子」，也是對這些文奸們的一大諷刺與挑戰。

事隔多日，他們見消息沉沉，乃又給我們幾個人送來聘書，畀以日偽所辦一個文藝刊物的「編委」名義，還想再對這幾個倔強的學生加以籠絡，我們也照樣的將這幾張聘書送進了火爐，看到那跳動的火舌，吞噬了那幾張慘白的厚紙，我們的臉上，都展現出嘲弄的笑容，但同時，也流下了悲憤的眼淚！

燒完了幾張「聘書」以後，面孔紅撲撲的走出《文苑》編輯室那間小屋，迎面遇到我們的系主任英千里先生，幾個人爭先恐後的向他低訴出這一段經過。英先生，平素是極力支持我們那刊物的，他聽了我們的報告也十分激動，在那轉角的牆根處，他親切的囑告我們說：「小心點吧，孩子們，你們已引起他們的注意了。」

那以後不久，我們偶而離校外出，即常發覺有個灰衣人暗地跟蹤著。修畢了四年的課程後，雖僥倖獲得入母校研究所深造的機會，但那北國鬼蜮的世界，我已無意停留，我日日渴望著到自由祖國的藍空下呼吸幾口新鮮的空氣。不久，我即間關入蜀，途中聽到母校許多師友遭受敵偽的逮捕，鋃鐺入獄，其中有幾位是同情、資助過《文苑》的，也有的是直接主持過那季刊的編務的，抗戰勝利後，我又回到北平，曾到處尋覓那個刊物，得知荷蘭籍的輔大教務長胡魯士神父，還保留了全份的，我乃向他借來，燈下展卷，字句間似依稀閃現著少年時的笑影淚痕，重讀之下，似又回到昔日的窗下，聽到查夜修女的衣裙綷縩，與那溫和的責備，伴了清脆的叩敲玻璃之聲：「不要寫了，收拾起你的蠟燭！」我慶幸那一段的時光，能夠在紙上留下了痕跡，後來，胡神父遄返他的祖國，將那一套全份的《輔仁文苑》也放在他的行囊裡，可見他對這中國學生所辦的不成熟刊物相當重視，我想，那完全不由於刊物的本身，而是因了那一疊紙張所代表的，是敵騎縱橫的淪陷區中，幾個年輕的學生引吭合唱的一支愛國的曲子。我們那個小刊物，壽命不過兩年半，前後也僅出了十期，竟得免遭大陸上共匪的秦火，而在風光明麗的海國水鄉荷蘭存留下來，不能不說是它的幸運了。

與菁菁談寫作

清晨，門窗都被霧封住了，菁菁拿著一大把水松同一捲紙走了來，背了窗子坐下，圓圓的小臉上，似乎也罩著一層薄霧，這孩子說要開始走文藝的路子，提出了幾個有關的問題，立刻，我覺得窗前的影子正是十多年前的我——那時候，我心中一樣的充滿了對文藝的熱情，到處尋覓著那把神祕的鑰匙。如今又有個孩子走上這條尋覓的路子了。

但是，我能告訴她嗎，說我迄未找到那把鑰匙，和許多喜愛文藝的人的命運一樣，依然徘徊於那莊嚴的門前。

我當時感觸深深，只依據著她的問題，所答非所問的說了下去：

「關於為藝術而藝術，抑是為人生而藝術，已是一個不值得討論的

問題了，我們不能說藝術應附屬於人生，或是人生應附屬於藝術，而應該說二者是互相依附，互相追隨的，一個人為了他的藝術而自人海中找尋材料，目的在於將一切化成美的，並使人類自其中汲取，所以，這實在是個巧妙的環。

「說到寫作的天才，這是很難說的，有人將天才解釋為一種特殊的心智，有人解釋為一種格外豐富的想像力，有個作家說：『越是一個藝術家，他之鑄造人物或是事物，越富想像。』但是，我們以為一個偉大的天才作家的特徵，不全在這裡，卻在於他不只能表現，且能了解人生的意義。也許，一個作家可以像佛羅貝一樣，以生物學者的觀點，用冷靜的目光與心智來處理、來對待他的主角；也許，一個作者可以像莫泊桑，既無愛惡又無同情的描繪人生，看人間喜劇如觀小丑跳舞，看人間悲劇如路人觀望送葬的行列，這樣，他或可成為一位精湛的藝術家，卻絕不能是偉大的天才，一個稱得起是天才的作家，怎能夠對人間的悲喜無動於衷呢？

「決定一個作家的條件，在於他心靈的高貴抑或猥瑣、博大抑或狹小。如果他的心靈，因充滿了生命與愛而擴大、而豐富、而美麗，如同繁花壓枝的樹，這便近似羅曼羅蘭的藝術觀了。為了寫出雄偉的作品，你應以目前為準備的階段，當你的胸襟開擴，能以人間的喜樂為喜樂、悲哀為悲哀的時候，才可以動筆。而在把作品送向讀者以前，應先問自己心底儲藏了一些什麼，更能將它們表現到什麼程度，更要問問這枝頑皮的筆桿能否聽你的調度？

「我們常常看到古今中外有一些作品，可以悅人，可以消愁解悶，此外再也沒有什麼了，既不能使人對生命窺探得更深一些，又不能提高了生之意志，使人更堅強的活了下去，相反的，讀者蓬勃的生命力卻被其削弱了。這類作品，也必不能長存，含蘊其中的毒汁，侵蝕了讀者，亦將侵蝕其自己的篇頁。

「一本傑作能使讀者充滿了高貴、虔敬與美的情操。像小仲馬所著的《茶花女》，也許有人認為只是哀感頑豔的言情故事，而忽略其重點

——作者藉了主角瑪格瑞特對愛情的看法與作法，寫出了愛情的高貴定義。一般的讀者也許只看到了它抒情的部分，而忽略其高貴性之所在，使作者的苦心，竟成妄費，所以，一個讀者，也應訓練自己，能以一顆偉大的心來迎接另一顆偉大的心。

「文學的路子是艱苦的，遠望是一片綺麗，走上去卻是崎嶇難行，沒有人認為這是一條平坦如鏡面的道路，除非他是走錯了。你也許注意到一些作家身後的炫赫榮名，而未想到他生前如秋蟲一般，在幽暗露冷的一角，獨自苦吟。凡是把寫作看成玩票的，也許作品一時間閃爍著虛偽的光芒，但時辰一到，卻如秋樹一般遭逢搖落，永無人再去追拾那些葉片了。像英國的約翰．李利，作品曾邀得帝王的激賞，其文體確曾風靡一時，而如今讀世界名著的人，誰又想得起他來呢？時代本無情，讀者更善忘！

「印刷術越發達，世界上的出版品也越來越多了，但卻儘不必為圖書館及讀者擔心，造物比任何人都智慧，在作品的海裡，它撒下了大網，被網住了的，並不是幸運的，還要受一番大篩子的篩，直到最後，只剩了那僅有的幾本，像金鋼鑽一般，永嵌在文學史中，發出永恆的光輝。像莎士比亞，像歌德，便是那永存的幸運兒了。

「但那幸運並非倖致的，因為這幾個作家聰明到在作品中用了防腐劑，而這防腐劑是以其整個生命的精華提煉成的。摻進一點虛榮，一點功利，這防腐劑便將失其效用了。

「在提筆時你已具備了聖者的精神嗎？你有為愛而獻身的勇氣嗎？你能為了對人類的大愛而熾燃到身心俱焚的程度嗎？你執筆時能嚴正的發出良心的呼喚嗎？你能忍耐一切的痛苦、寂寞而孕育你那顆晶瑩的貝珠——永恆之作嗎？」

我看見菁菁的頭抬了起來，眼睛裡飽和著淚水，默默的走近我，緊緊的握住我的手，我們的目光，都落在那座古銅的文藝之神塑像上，一曲無聲的讚美之歌，自我們相遇的靈魂中唱了出來。

愛與死

友人文柏上週山坡墜馬，傷重逝世。今午大家為他送葬回來，檢視遺物，枕下有一本日記，封面上潦草的寫了幾字，註明要我同琛保存。我坐在窗前，掀開了篇頁，其中只不連貫的記了幾頁，都是為了一個女孩子而寫的，我覺著應該保存這本日記的是她，和朋友商議的結果，由我將這日記抄寫一份，由我和琛保留那抄本，而將那日記設法交給那個女孩子，這雖違背了亡友的囑語，卻是處理這份心聲紀錄的最好辦法。我遂一邊含淚重讀著這情感上的文獻，一邊抄寫了下去：

我是深深的陷入情感的沼澤中了。

自一開始，我就知道這將是一幕不可避免的悲劇，只有將這份深情，嚴密的鎖在沉默裡。但是，愛的本身像是螢火，它是帶翼而有光的，世間沒有東西能封藏住它。儘管在言語文字的表達上，我們是無比的吝嗇，但是情感的本身，它不仰賴於任何語句的表現，這無言的愛情，輕輕的在我們的心扉間振翅，什麼力量能阻止它的飛進？愛是比語言比一切更美，更為有力。

一想起了她，我像是在幽暗的雨夜看到了曉明星的閃爍；我像是一道細弱的溪水，歸向那一片海洋的蔚藍，但是，我沒有勇氣去輕叩她的門環。即使路上相遇，我也怯怯的成為瘖啞的弦琴，發不出微聲。我甚至於沒有勇氣去向她那明燦的眸子探詢消息，唯恐發現潴存其中的愛意退淺。我幾乎不敢仰起臉來，接受她銳利目光的無語窺測，為了我怯於使她知道：泛濫的愛情已溢滿我靈魂的窗口。呵，只有我自己知道我的愛情有多深，超過葡萄牙的海灣，我寧願無言的在其中沉船、自溺。她呢，即使靜靜的不曾說過什麼，但我知道這充滿了愛與美的靈魂是朝向著我的，是以我做為太陽的，由那次在宴會中她對我的簡單談話、淡淡的微笑，我即知道了，空氣中另有一種以太，幫助她說明了這一點。呵，我的迦太基的女王載杜 Dido！你不需要向我說什麼，我已知道你日日坐在火炬之中，忍受著自焚的煎熬，你曾經寄給了我一張白色的無字箋紙，我明白它的全部意蘊。我們的崇高情感，也將如這張箋紙，不著一跡，卻描繪著情感圖畫的全部！……但我們已理智的看到了這悲劇意味的愛的終站，只默默的，默默的如兩顆星子般的相望著，這人人無法縮短的永恆距離呵！

我一日日的將自己關在屋子裡，免得出去又會遇到她上班下班。

但是思念卻如一片雲，輕輕的縈繞著一個天使的足邊。愛情使我無語微笑，又使我泫然欲泣，它如同柔風一般吹綠了我的生命草，更如三月的陽光一般，吻燃了我心中的火炬，它使我抑鬱的靈魂充滿了生氣，但在現實的風雪之中，這或將是一段夭折的春光。

這份無言之愛是太美了，但也太苦人了。但又有什麼辦法，就生活在這種痛苦中吧，痛苦會使這愛情的定義更為高貴莊嚴，我願意擁抱住這份痛苦，如同早春的玫瑰將一顆冰冷的露珠深藏。我始終認為，心中痛苦的人比心中空虛的人更幸福一些，痛苦使我心靈跳動，使我意識到自己是在活著，我寫了一首小詩，正足以表現我絕望的心情：

曙光的足踝上
繫著金色的鈴子，
它輕輕的循著綠徑走了來，
看見我坐在小園的一角，
嘆息著，唱著自己的歌
用夢幻的絲線穿綴花環，
「休息一會兒吧，人。」

「不，在日午以前，
我要將朵朵緋色的愛
套上她的心。」

暮色的前額上
飾著星光的纓繐，
它悄悄的繞過柱廊走了來，
看見我坐在古殿前
哭泣著，唱著自己的歌，
用褪色的絲線穿綴項鍊，
「休息一會兒吧，人。」
「不，在入夜以前，
我要以一串透明的珊瑚淚珠，
獻給她的心。」

我的內心，近來更陷於極大的矛盾，多少次，我想告訴她我對她的愛情，但我想像著她會回答我：「我們不相同的地方太多了。何況，我們中間又隔了這麼多可見的同不可見的牆垣。」我真想對她講：愛情已消除了我們的一切歧異，它已神奇的裝飾了我們，使我們和它一樣的美，也使我和你完全一樣，何必更用俗世的標準來衡量？兩個相愛的人，他們的心是一樣高，和愛情一樣的高。什麼又是橫隔在我們中間的牆垣呢？愛的翅膀是可以騰越過一切的。但是我又似看到她低垂下頭，以那樣淒楚的聲音說：「我想起一個作家說過的話：『神同意的，人不同意；人同意的，神不同意。』那還有什麼再需要說明的呢，放棄了這份悲劇的情感吧！」

我清醒了過來，原是我一個人在那裡自問自答，實際上，我已好多天不曾見到她了，我們正被那重重的不可見的城垣隔著，隔著……，唉，多麼濃的霧，多麼高而厚的牆垣，遮障在我們中間。

這幾日，精神上更陷於極度的恍惚，只靠了讀書、練字來收斂自己、鎮定自己，偶而在一本書上讀到幾句話：「世界上的一切，如同流水，都要流過去的，連我自己也不能長存。」這幾句話的意思和一個波斯詩人：「來如流水去如風」的詩句正相吻合。是的，一切都要過去的，連這份刻骨鏤心的痛苦也會過去的。如此一想，心中頓覺輕快了許多，……但是，理智的冷雨雖然已使情感的熱度低降，我的愛，我的淚，卻早已因思念她而開放了花朵，呵，願這些花片繽紛於她夢中的小徑上……。

我逗留此地，將無計斬斷情感的亂絲，我決定到另外的地方去，遠遠的走開，再也不看到她，再也看不到她那茫然的、悲哀的目光，黯淡的神色，再也看不到她為了愛而受苦。記得有人說過「真正的愛情，有時在於能割捨所愛」。那麼，就讓我割捨了它吧，但是，當我努力試著折斷心中這一株愛情的白玫瑰時，我的心在流血了，流吧，為了崇高的愛而負傷流血是值得的。

我今天去看她，和她告別，這也許是我今生和她最後的訣別了，我知道以後絕少相見的機緣。見了她，未及我說明，她似已預知了我的來意——在愛情當中的人，原是格外敏感的——她站在窗的樹蔭裡，在她的臉上，分不清哪是枝葉的影子，哪是憂鬱的影子。聽到我遠行的消息後，她像是費了很大的力氣才吐出了幾個字：「你要走嗎？那是好事情。」儘管她力自抑制，在那微弱顫抖的聲音裡，我聽到愛的追逸曲 fugue 在迴環。語聲是悲苦的，但她的脣邊卻展現著一絲微笑，這經過了笑容巧妙化裝的悲哀呵！末了，她問我需要什麼，她願意送給我做為紀念，我懷著無限的感激與傷心囁嚅著：「謝謝你，我不需要什麼，再見了。」我匆匆的走了出來，我下意識的感到她呆呆的立在石階上，像是一座雕像，我不敢想像她在那裡站立了多久，呵，我是沒有勇氣再回過頭去了……。

我來到了×城，這兒距我以前住的地方，有幾千里路，想去尋覓她，夢中也會迷失了道路。這裡不像×城，終年少風雨，四季之中，明麗的太陽朗照，到處有炫麗的色彩，這地方，倒很像法國的西郊。為了收斂自己的心神，我開始著手採集一些植物標本，尤其是一些隱花類的植物，那工作我曾繼續了幾年，卻又中輟，如今想再繼續下去，置身於綠色的大自然的國度，尋回我失去了的平靜。我住處的附近多隰地，那一類植物同苔蘚是相當多的，我有時將大半天的光陰都消度在那裡，當我夕陽影中踱回住處時，我常常想起英國的散文家吉辛的話：「我如果總這麼遲回，也無人擔憂著急。」多麼淒涼的句子！我一回到那間小屋，洗淨了手上的泥土，將屋子向南的窗子打開，我心靈的窗子也立刻開啟了，一個人影，嵌在裡面，她向我招手，更向我微笑，我才意識到，我並未忘了她。入夜，我燃著了蠟燭，將那採集的植物加以分類，但那亭亭的燭影，使我更想起了她，我頓覺中心惶亂無主，呵，愛而不見，搔首踟躕，這隔絕的愛，已使我受盡了苦刑，我雖然不是個有宗教信仰的人，但是，為了怕減損那無形的、精神上的花冠，我制止自己不去編織地上的花環，有意的摒棄那世俗與傳統的桎梏所遏止的愛。為了這，那冥冥中的神祇也應賜我慰安，但何以我的心仍如此的擾亂不寧？我覺得自己是一枝生長在河畔的蘆葦，受了痛苦的砍削與剔剖，如今已成為一枝玲瓏的笛子，但是缺少了愛情的吹息，它是不能成聲的，我將這枝笛獻到造物的手中……。

愛情在我的心上曾一度如海潮的奔騰，
又似夜鶯般的斂翼，
終於將如彩虹的一閃，
抹去了那一段傷心的消息。

我禱求，任著昨日的戀情如一片花飛，再去製造另一個春天吧，但是心呵，你又為何擾亂不寧？

我聽從了友人們的勸告，決定過一段狩獵的生活，那也許會對我的身心有益，我寫信給母親，請她給我買一匹馬，由水路帶來，×地是出產名馬的，我希望未來一段林中馳馬的生活，會使我忘去了煩惱。

母親真愛我，為我買了那樣一匹好馬。通體白色，鬃尾上的毛如銀絲。昨天一日，我全在馬背上度過了，我曾策馬涉過那一道溪水，在溪底透明的卵石上踏過，冰涼的水珠濺滿了我的全身。後來我又在陡峭的山坡上疾馳，衝過那一片濃密的樺樹林，看著那碧綠的行列在我的身邊向後退移，一陣微風起自我的袖袂，一些葉片在顫搖著，似是敬禮我這未來的騎士，我更穿過一段幽靜的山坡，一切寂然，只有清圓的鳥聲盈耳，……但我在馬上的狂奔疾馳，並未能使我渾忘了一切，不論我朝著哪個方向而行，我的心靈總是向了她馳去，愛情如同風，而我則是那片風中的雲朵……。

> 朋友們曾勸告過我，我學騎未久，又不諳此馬的性情，這樣一天在山坡上騎馬疾馳，必會有危險的……，但是，我的心情煩躁，我不耐攬轡徐行。奔馳吧，奔馳吧——奔馳在我夢中的道路上，只當天邊那片微雲，便是她的映影。……母親處我還未曾寫信去，馬已經運到五天了……，明天一定要寫信去了。

日記到這裡便未曾繼續下去，看看日子正是他墜馬的前一天，我闔上了那本日記，裡面並沒有什麼動人的情節，只是錯綜的心理一幅寫生畫，我未曾想到文柏在愛情上受到如許的煎熬，這份戀情是美的，但也是苦人的，確如他在日記中所說。我轉眼望著窗外，枝頭在悄悄的散落著昨日的花朵，落花無聲的飛在地上，殷紅如血，如同默默的結束的情感悲劇。……這時，房門開處，齡進來了，他是文柏最知心的友人，自文柏受傷後他一直就住在這裡。他手中拿著一封信，神情惶亂的對我說：

「文柏的老太太給他來了信，這該如何回覆她並安慰她老人家呢？

文柏的死訊，還一直瞞著，伯她傷心。」

我打開了那封信，其中洋溢著慈母的深情，老太太在函中問到他的馬運到沒有，喜歡不喜歡那馬的毛色，更說到知道他的心情不好，希望他有良馬為伴，精神會振奮一些……。信末更殷勤囑告他趕快寫封信回去。

我將那封信摺疊起來，放在文柏遺像的前面，我和齡面面相覷，不知道如何給那位愛子心切的老太太寫回信，……如果她知道愛兒是因墜馬受傷致死……，該是如何的難過？

窗外，雨聲更急，馬在廄裡悲鳴著……。

女詩人和舟子

前記：

據文學史的記載，古希臘女詩人莎茀（Sappho）曾失戀於船夫法昂（Phaon），後羅馬詩人渥維德（Ovid）曾據此事實並借助想像力，代莎茀寫了一封極其動人的信給法昂，題為「擬情書」。今濡筆試代法昂寫給莎茀一信，說明其絕裾而去的原因，並擬一莎茀的覆函。寫此文時曾參考過有關希臘史地的書籍，但字句皆係臆造，同時假定法昂是一個讀過書懂得詩的舟子。

一、法昂寄莎茀書

親愛的莎茀：

隔了蒼茫的煙水，我似聽到你一聲聲熱切的呼喚，清淚濡溼了我的眼睛。我心中感到痛楚，我愛你，但卻不能不離開你，這個，也許是你所不了解的——除了深摯的愛情以外,我們兩人中間沒有一點是相同的，我常常懷疑，你何以竟自詩神巍峨的宮殿，垂青於我這個單純的水手？雖然我也曾讀過一點書，懂得一點音樂，但立在你逼人的光彩下，那顯得是何等可憐呵！

澄清的愛琴海 (Egee) 上，瀲灩的波光，是你的文采，波納比倫山上，繽紛的草花，是對你的讚美，以後千萬年代，人們心靈的豎琴，將回響著你的動人的樂章，而我呢，一個終日在海潮中投竿弄艇的人，卑微的生命，只寫上那一片逝水，我是一隻羽色黯淡的禽鳥，貧乏得沒有一片炫麗的翎毛！

我知道你是衷心的愛著我，但是，神賦給你的，千萬倍於我，人們皆覺得你是屈辱自己而俯身賜予我愛情，這個使我一想起來便要瘋狂，多可怕的嘲笑！雖然你高貴的心中絕不如此想，你不知世人的揶揄是多麼鋒利的刺痛了我的心，我們畢竟還得生活在人間，我不能躲避過那些射來的箭鏃，別了，莎茀，即使你會認為我是個弱者！

和你在一起，聽到人們對你的阿諛，我感到羞愧，我覺得自己是一隻失去笙簧的啞鳥，陪伴著一隻善歌的夜鶯，你的歌喉婉轉，只更顯出我的笨拙，雖然你一再說明：那些歌是為了我而唱的，但實際上聽到的，卻絕非我一人呵。至於在我的心靈深處呢，卻永遠唱著一支無聲的歌曲，那是為了你而譜的心聲，我嫉妒那些讀到你的詩句的人。我要的是一個平凡的愛人的純樸的微笑，勝過一隻會寫詩的手，呵，親愛的莎茀，你為什麼不生成是一個凡庸的女孩子呢？詩神為什麼在我遇到你以前而選擇了你，先我而入據你的心靈？雖然這並不是你的過失，但卻使我時而恚恨，時而憤怒，多少次，我要掙斷了這柔韌的繩索，卻被你格外溫存的注視與聲音所阻止了。呵，我不甘心侍立在你與詩神之側，像一個隨從，我要做我的愛者的主人，但這企圖是愚昧的呵，你永不會為了我而棄絕了詩神！當他來臨的辰光，你便會完全忽略了我，在詩神的高貴的身影中，你不再記起我這胼手胝足的粗獷的水手了，呵，我如何能夠忍耐下去呢？

你仍然鑄造你不朽的詩篇吧，我們希臘人一向的傳統是：男孩子們跛足者做鐵匠，盲目者做歌人，我是生而貧窮卻身手矯健的，你任我去過我的船夫生活，與海洋搏鬥吧。那向我跳躑喧呼的海浪，才是我最真摰的愛人呵，它永不會冷淡我！我要划著我的帆船，回到愛琴海上。

海呵，可愛極了，它有時波平如鏡，像一匹軟綢，舒展於那蟒綠的海灣。它有時會熱烈的來表現它的激情，當狂風自馬其頓群山吹了來，海浪排空，如同長牆一般，將我封鎖起來，我欣賞它多變化的美。當日光消隱，星影顫搖時，風便靜止了，海更呈現出異樣的嫻靜，細碎的濤音，為我描畫出遠方停泊碼頭的恬美風光，大海的音樂，比人間的詩歌壯麗得多了，莎茀，我去了，我奔向大海，為了應答它的呼喚。

海，我的永恆的戀人，它是多麼的美呵，又豈是錮閉在院牆中的你所能知道的呢，你怎能想像出我的去處——海上的風光之美：

「當步履迅速的輝煌太陽，走畢了它一日的行程，將近薄暮的時候，將他的箭筒放在紫色的雲堆之上，迄翌日曙光初露之時，他又自玫瑰色的雲幕間取出，重新進行他勝利的前程。」朝晨，太陽將它萬千枝金箭，投向海面，光輝燦爛至不可逼視，莎茀呵，我要做太陽之子，光明而勇敢，我不願躲在陰影裡，使生命成為一片晦暗，我不願我站在你身旁的影子為詩神的衣裾所掩，還回我靈魂的自由吧，海的對岸青峰矗立，橄欖茂密，澄碧的天宇下，藍色的影翳遮覆著白色的小屋，它們似都在向我招手呢。

親愛的莎茀呵，讀至此處，知我去志已決，你傷心嗎，你流淚嗎，你怨責我的薄倖嗎？我記得我曾向你要求過多少次了——拋棄了你已有的一切，跟隨著我前來，越過泰拉山附近那些新月形的丘陵，以野橄欖樹為樑木，搬大塊的山石建築我們的屋子，以白土及陶土的瓶子汲水，以新鮮的麥、豌豆與乳酪做我們的食品，綿延的群山、森林、山坡，都做了我們生活的美好背景，同時，我們更可用橡樹做一隻新的船，晴美的天氣，合力執槳，泛向一片蒼茫，則水與地都成了一張張的詩頁，你可以任意題詠，那麼你所抒寫的當不止於是一些呆板而無生氣的題材了。但是你是固執的，你不肯，你留戀你已有的，而不願迎接一個新的生活，我無法與你相偕，所以最後終於決定獨自浮家泛宅海上飄泊。

但我感謝你給予我的那些快樂的辰光，你那高貴而純潔的友情的施予，這些回憶已使我永遠感到溫馨。我沒有勇氣來到你的面前向你告別，唯恐你那富有魔力的柔聲會粉碎了我的意志，我寫了這一封信託一個上岸的水手帶給你，滿載著我的感謝、愛與眼淚！

船兒再過幾分鐘就要啟椗了，我將長依教育我訓練我的海洋，不再回來，莎茀，莫傷感吧，在我的心中，你仍然占有著最崇高的位置，如同你在一篇詩中所寫的——你是最高枝上的一枚蘋果——如是的，你的影子，永遠美麗的點綴我生命的枝柯。

願溫美的回憶長久籠罩著我們，在它的光影中，我們依然接受到永恆的祝福！

曾經是你的且永遠是你的　法昂

二、莎茀致法昂書

法昂：

夜已將星光的金網撒了下來，群山靜寂，海也似乎思睡了，幽悄中我的靈魂在呼喚著你，在呼喚著你，你揚帆而去的舟子呵，你可曾聽到嗎，你可曾聽到嗎?對岸茂密的橄欖林也似發出了同情的嘆息，但何以你竟如此緘默，呵，暗夜已籠罩住我整個的心靈了。

今天本是你們預定自海上歸來的日子，我曾帶了我的弦琴，佇立海岸等待你，午後天色是那樣晴美，白色的鷗鳥如同撕碎的雲片，在水上低低掠飛。終於在將近傍晚時，那隻熟悉的船兒婀娜駛來了，像是滿載著希望，我微笑著感謝那出生在艾達山上的神，船頭那一片金紫色的霞影，正是對我們的祝福呵。你的許多伙伴們，個個帶著為海風吹得黧黑的面容，歡笑的投向岸旁家屬或情人的懷抱，我四下觀望，只是不見你的影子，我怔怔的望著水上的夕陽，它也似乎帶著我的夢與希望漸漸沉落……。我痴痴的站在那兒，不知過了多久，等到我抬起頭來，才知道人們已散盡了，灘岸上留下了凌亂的足印，一陣淒冷的海風吹來，使我泫然欲泣，這時，我忽然看到和你最相知的一個水手——金色髭鬚的西比亞士，匆匆的向我走來，他向我頷首為禮，悽然而笑，自那黯淡的笑容裡，我已有一點悲哀的預感，我踉蹌的迎他走去，向他問起了你，他告訴我說，你並沒有隨船回來，卻已於十日前轉到另一隻船上，駛向更遠的加里亞海峽了，他將你的一封信交到我的手中，撫慰似的拍拍我的肩然後走了。只留下我獨立海濱，我默默的凝望著停泊水上的那隻船兒，呵，這曾看到過我多少次歡笑的船，如今又看到我的清淚了，幾年以來，載你遠行，又將你送到我的面前來的都是它，我恨著它又愛著它，但是今天它又歸來了，它又來到我的面前了，那個立在船頭向我招手的人兒呢？呵，今夕哪一片幸運的海水，照映著你昂然的身影呢？

我茫然的踱了回來，窗外傳來了大海的微語，我展讀了你的那封信，呵，法昂，你當真離我而去了，正如有一次你向我所說的，當時我還以為是戲言呢，你這殘冷的人呵，果真如你所云：造成我們訣別的是那時時來訪看我的詩神嗎？

你竟是如此心地狹隘嗎，你的信上說，你嫉妒那為我所崇慕的詩神，你說在他的光輝中，我常常忽略了你的存在，所以你才去了，帶了憤怒與恚恨，你，鹵莽的水手，你，殘酷的愛人呵，愛詩與美，正是我這希臘女兒性格中最值得誇耀的，難道這是我的過錯嗎？你竟忘了嗎，當初你是讀了我的詩句才來到我的面前的？我還曾讚美過你，我說你雖不寫詩，但是你心靈的美妙弦索，恰能伴奏我的詩句，合拍而中度，你了解我的詩，正如你了解你的海洋，當初介引我們相識的，你能否認不是詩神嗎？呵，你這善忘的弄潮兒！當初我獨行獨吟於波納比倫山巔，沉酣流連於詩境中的神態，不是曾使你感動嗎？你，美貌的舟子，是希臘群島上許多女孩所羨慕追求過的，你在她們中選擇了我，難道不是為了詩所美化的靈魂嗎？難道你所愛的是平凡的莎茀嗎？為何如今你竟遷怒於「詩」呢？你是不公平的，詩神是無辜的。當初你既曾為了詩神賦給我的美麗而注意到我，如今何以又為了詩神與我的親近而揚帆不歸？是因愛我日深而心地日狹，抑是你航行外海，心中別有縈繫，以此為藉口呢？我希望你是因了前者，但我心中懼怕——我怕後一個原因更為確實。

我望著窗外的夜，與更遠處閃著微光的海，淚水迷茫了我的眼睛，迷茫了我的心智，呵，你無情的舟子。如果你當真厭煩了我這隻寫詩的手，那麼我寧願以它來種植大麥、小麥同豌豆，改在大地的篇頁上，寫綠色的詩句了。我寧願棄絕了詩神，拒絕他再度來訪。你傲慢的、乖戾的人兒呵，不是卑微的莎茀向你屈膝，而是為了一切都應在愛神前俯首，詩神莊嚴高貴，但是比不過邱必特閃光的雙翼！如有一日，你自海上回來，你將看到我掮著白土的瓶子，親自為你去汲水，更到橄欖林的深處，去給你摘取那鮮碧的果實，回來吧，法昂，豈能終日在海上飄泊呢？橡樹林蔭中的屋簷下，有著莎茀在呼喚你呵，是什麼聲音吸引住了你，但願那是海濤的呼嘯，而非西奧斯或巴羅斯島上女兒的歌喉！

你在信上說，你不願你的身影為詩神的衣裾所掩，我再度申明：我願把一切都交還給詩神，連同這隻手、這枝筆。我願剪去了我生命中不為你所喜的枝柯，即使別人稱讚上面開著罕見的花朵。我要做一個純樸的愛人和妻子，沒有愛情的生活是虛妄的，我不能忍受，法昂呵，回來吧，我會與你相偕回到大自然裡去，並與你一同享受那動蕩、多變化、有刺激性的海上生活，如你以前所說，我們要以橡樹做一隻新船，到尤卑亞、亞提克、亞爾各里得去，更橫過紺碧的愛琴海，泛舟巡行於排比錯列如柱廊的高聳海面的諸島，再抵達那些小島形成的海的內庭。使愛琴海上每座島嶼，以及一些秀麗的谷、川、岩、灣都成為我們幸福的小宇宙。海上生活過得日久了，我們也可攀登戴金特山，看它如何環繞著平地，形成了暗綠色懸崖的花圈，……這一切都充滿了美與純淨，做成裝飾我們生活的圖案。啊，我們不是更可以火山石築屋海邊，日午時分，自藍色的森林與淡綠的橄欖叢走回來，坐在屋前，看海浪的白帶衡量著涯岸，預算著下次船兒開航的日期，……呵，一切將屬於我們，一切屬於了解愛情與生活真趣的我們，我看透以前的虛妄，不再留戀紙筆了。

親愛的法昂，我的靈魂在熱切的呼喚你呵，向了這一片茫茫的水波，如同你向詩神索還了我，我要請求海神放還了你，如果殘暴的海神波西通不將你送回，我便要直謁他於宮闕了。*2 只要有尋到你蹤跡的希望，則我又何憾，在生活中見不到你，在長夢中總可以見到你的影子吧？法昂，我希望你不要漠視我的言語，因為我已將自己置放在監視誓語之神的足邊。

2 此句隱約指出沙芾投海一事。

談文藝創作（代跋）

文藝是什麼呢，簡單的說來，文藝是生活的紀錄、人性的研究、世間的素描。它是自大千世界中林林總總的形象裡提取出來的精彩、動人的片段，同時，也是人類靈魂的聲響的錄音。

文藝的背景便是褐色的地球上一片古老的大地，這一片蒼茫，便是我們登場扮演人間悲喜劇的舞臺，一個作家，要面向著這舞臺面，拉開現實的幃幕，而以銳敏的透視力，穿過物象之表，看到其深邃幽微之處，用靈智之光，將之照明，而以神聖莊嚴的精神，來從事這神聖而莊嚴的工作。

要做一個文藝工作者，除了先天的秉賦以外，更得具備兩種修養：

心性的修養與心智的修養。

我們要將自己的心靈，擴而大之，將天地萬物，都裝盛其中，包被一切，涵容一切；同時，更要將「自我」完全忘掉。藝術家的最大敵人，藝術創作的最大障礙，每每便是「自我」，因為有「我」便會有「偏私」，這便會使作品減少了崇高與博大，寫作的天地，乃變為逼窄狹小，所謂一個作者不應為自己而存在，乃是為了別人而存在，就是這一意義的延伸。我們展紙搖筆，不是為了榮名虛利，而是為了全人類、全世界。同時，更應有溫熱的心腸，體察一切，同情一切，所謂「與花鳥共憂樂」就是這個意思。一個作者如有惻隱之心，慈悲之心，才能以一雙悲憫的眼睛觀照世界，如此才能洞燭一切，了解一切，在作品上塗敷了色彩及光燦，一種自他靈魂發出的輝光，使他的作品具有了生命。往往有人認為文藝作家是最迂闊不解事情的，實際上，他卻是最通達物理人情的，一切動人的作品，來自他那透明的心胸。記得悲多汶曾說過：

「神啊，你在天上參透我的心，你認識它，你知道它對人類懷有熱愛，具有行善的意願。」只有發出這樣呼聲的悲多汶，才能譜出了扣人心弦的名曲。音樂家如此，文學家亦然。一個心地溫熱的作家，在篇章中才能強調宗教感、倫理感，發出了愛及正義的呼聲。

如果一個人只具備作家的才能而無那份卓越的精神，依然只是個膚淺平庸的作家，其作品談不到深度。文藝不過是對人生的解釋，而如這個解釋者自己沒有超越的觀點，他的一切說明也只是平常而乏味的，如何又能引導讀者的心靈，引渡讀者的心靈，使之超出於個人的領域與生活的水平線，如何又能開闢出一種新的境界、崇高的境界，任人類的心靈翱翔？

談到一個文藝工作者心智的修養，可以分做兩點來說，一是多讀書，一是多體驗生活，也就是多讀人生這本大書。

要讀些什麼書呢？我們的答覆很簡單：「要讀各種的書。」因為文藝是綜合性的藝術，欲在文藝上有造詣，須有各方面淵博的知識，文藝之路，原是與各種的學問相通的。當然最要緊的還是多讀文藝的著作。

我想我們應先讀一本精詳的中國文學史，然後再去讀西洋文學史及世界文學史，如此則對古今中外文體的演進，文藝思潮的變化起伏，各時代大作家的生平及著作，以及他們風格的特徵都可有一概念，如此再去選讀文藝著作，當可知道何者值得讀，何者不值得讀。時代的篩子是無情的，但卻是公正的，它不對任何人偏袒，經過了若干年代播篩的結果，所留下來的必是人類精神庫藏中最有價值的明珠。近代的文藝作品我們要讀，古典名著更應多讀，掀開封面，一個廣大富麗的世界呈現於我們的面前了，一些第一流的天才和我們傾談、對語，這真是人生最大的享受！

我國的古代典籍，是每個從事文藝的人要詳加研讀的，一個不善駕御本國文字的作者，絕不會寫出優美的作品來的。學習古人運用文字的技巧，然後去創造自己新穎的作品風格，才是一條穩妥的路子，我們要埋頭讀書，到最根本的文學源頭去汲取清水，充滿了我們心智的瓶子。我們要讀我國古代的文藝作品，讀古希臘羅馬的作品，像蜜蜂穿飛於花間，釀造自己的蜜汁。昔日我曾翻讀一個西洋名作家的傳記，其中有這樣的一段：

這個冬天，我完全研究戲劇，在其中看到許多新的事物，我讀了莎士比亞、歌德、莫利哀，我更要讀莎福克利和幼里披底斯的作品……，他們劇中的人物，一一在我們的心頭映現……。

當時，這位作家已是震動世界文壇的巨匠，且年紀已過了五十六歲，他尚且如此的在典籍中鑽研，我們豈可自恃天分，而不肯去接近書本嗎？再說體驗生活——闔上了書本，我們更應該讀「人生」，人生是一本大書，是一本奇書。大地是它的篇頁，我們日常接觸到的一些人、物便是這本書上的插圖，一些大事小事，便是這書裡的情節。我們切不可厭棄這本書的內容瑣碎，它的富麗正寓在它的平凡瑣碎之中。在一篇文章裡，我曾提到過：

作品的高貴與卑微，絕不以所取的題材決定，而是以流溢其中的那股生活的精神來決定——就是 spirit of life，這是最要緊的，無論多麼普通而卑微的生活，皆有其代表這種生活的特徵與精神的要素，能把握住社會上某一階層人物生活的精髓，而以生動之筆將之表現無遺，寫出在平凡狀態中的心地、靈魂與智慧，反映出普通的生活，塑造出一代表整個人類的型模，這是作家最高的技巧，也是文藝作品價值之所在。

在這段文字中，我們注重的是普通與平凡四個字，像希臘悲劇一般，專以帝王后妃為作品中抒寫對象的時代，已經過去了，我們要寫的是我們普通人的平凡生活，文學本就是反映平凡人生的，只寫那些變態的、不正常的生活中的意外事件(accident)，並不是正常的寫法，人生並沒有那麼多特殊而荒誕不經的離奇事件，而一個作家的信條，應該是：

不寫不可信而可能的，
寧寫不可能而可信的。

這樣，透過了作者的筆端，才能顯示出人間生活，見出其偉大處及軟弱處、卓越處與荒謬處、可笑處與堪哀處，而引人深思，發人深省。日本作家橫光利一，曾寫過一篇小說題目是〈拿破崙與輪癬〉，所用的便是這樣一種筆法。這位叱吒風雲不可一世的法國英雄，因為生了一種可怕的皮膚病「輪癬」，痛癢難熬，便常常去抓搔，有一天正在抓癬，突然被他的新后（奧國公主）看到了，他十分惶急羞愧，深恐他這種流行於平民中的皮膚病，會引起這位出身貴族皇室的新后對他的蔑視，他乃不顧大臣的勸阻與嚴寒天氣，出兵征俄，希望藉了赫赫的武功以挽回他在皇后前失去的面子，結果慘敗。像橫光利一這種筆法，就是自平凡的角度觀察人生的一個實例，這種作品，看了會使每個讀者對自己做一番內省與檢討的功夫，而在這錯綜卻充滿了矛盾的世界中，尋到了精神上的平和、美的諧調，這是文藝作家的神聖職務之一，而要想達到這目的，必須先將人生這部大書讀熟。

文藝作品中所要表現的是什麼呢——自古今中外的文藝名著裡，我們尋到了這個問題的答案：人性。在前面，我們即曾說過，文藝作品必要放射出普遍的、共同的人性光輝——這原是作家們異中求同的結果，文藝及一切藝術品能達到為全人類普遍接受，共同欣賞的目的，其原因在此。不論我國的、義大利的或希臘羅馬的作品，它能為世人所熱愛，在於它能突破了國界、種族的藩籬，而寫出人類所共有的特質——那深刻而單純的人性（human nature），所以能為一切人所了解，因為它內容表現的，可以說是一種共同的情操，這是一種最易了解的「世界語」，能夠做到這一步，作品才可以說是攀登到藝術的頂峰，而表現出一種最崇高的美，它說著一種無聲的語言，但比有聲的語言更能激動讀者的心靈。

所以，表現人性是一篇文藝作品中所不可缺少的，因為文藝作品的對象是人生，所寫的是人性，而絕不能是脫離了人間的一些毫無煙火氣的文字，相反的，它是充滿了煙火氣的——因為煙火氣正是人間「象」的主要「象」之一。美國的紐曼曾說過：因為人是有過失的，所以，寫一種純淨無過惡痕跡的「文學作品」，在名詞上已犯了矛盾。我們寫出了可「善」可「惡」的人性，以及人心中的喜怒哀樂，才算是克盡了一個作家的任務。但要想做到這一步，一定要大睜著眼睛透視人生，看明白現實，且予以極精密的分析。

我們寫至此順便追詢一下，到底什麼是人生呢？人生是一片波翻浪湧的大海，而人類卻像是忽隱忽現，飄在海面上的泡沫，這些小小的泡沫，都受一種東西支配著，那種東西就是欲望。王國維曾經說過：「生活之本質為何？欲而已矣。」他又說：「一欲既終，他欲隨之，故究竟之慰藉，終不可得也」、「欲望痛苦與生活三者一而已矣」。人生的本質、生活與欲望痛苦三者乃是一體，生活的欲望，使我們造成了種種過惡，而對此過惡，大自然的法則即以痛苦來懲處它（此乃宇宙的正義），因了感受到痛苦，乃生一種懺悔的情緒，在懺悔的心情下，人乃掙扎著力求解脫。一切藝術的目的，就在於寫出這痛苦，而能示給人超脫的路子，像歌德的《浮士德》，自浮士德博士不耐書室的寂寞而油然生享受「人間歡樂」之後寫起，由於他心中世俗的欲念，而靈魂墮落，末了靠了女主角格瑞思的指引，得以懺悔，袚除了一切靈魂上的過咎，得到超脫；又像但丁的《神曲》，是自〈地獄篇〉寫起，末了寫到超升至美麗的天國樂園。這兩部作品並不是傳教的文字，而是說明人生自墮落到升騰的歷程，自這沉落到升騰之中，便有無限的掙扎、矛盾存在於中，文藝作家便是寫出人性中那向上的、美麗的、光明的一面，如何戰勝了墮落的、醜惡的、黑暗的一面，而自「邪惡中提取出了善；醜惡中掘出了美；虛偽中尋出了真」。

終於，善的、美的、真的憧憬，激發了人類向上的意志，而達到一理想的境界。一個偉大的文藝作家，不論他的筆法屬於那一個派別，而在心向上，他必定是個理想家，他生在平凡之中，卻不安於平凡，生於悲苦之中，而不甘於悲苦，永遠在追慕、在渴求、在企望、在讚揚，企圖脫離可悲的人類於痛苦的水火之中，而登之於平和愉悅的境界，向著這一片妙境，他彈奏著心靈的金琴，唱出了讚美之歌。因為有了他們，人類的精神才能提高，生活才得以美化。他們不是宗教家，但藝術的極致與宗教的極致，是一個宗教的最高理想，是建天國於地上，文藝家的理想，也是以筆、以血、以淚重造一個充滿了愛與光的和煦人間，所以，一個真正文藝作家所追求的極致，不是藝術，而是生活——理想生活的最高境界，如此，他乃自藝術的範疇突破，而入於道德的範疇。

文藝作品的基調，是博愛，是同情——自古至今，不知有多少作品被寫出來了，被讀過了，又被忘卻了。時代是一面無情的篩子，有兩隻無情的冷眼，它曾目睹過多少歷史上的興亡，及各種藝術思潮的起伏，它的巨眼，更曾看見過一篇篇作品的發表、暢銷，末了交給塵土與蠹魚收拾了。如今我們讀書，往往看到作者在字裡行間列舉出一些陌生的書名或人名，而這些名字，如不是末了由作者或譯者殷勤的加了一個注釋，說明「此乃某世紀很流行的一本書」或「此乃某個時代極負盛名的作家」，我們簡直不知道它的所指。記得有一次我在一本畫報上看到一位法國露易絲．高萊女士的畫像，旁邊註著一行小字：「這像是庫柏所畫，畫中人是當時一位很時髦的女詩人！」呵，「當時一位很時髦的女詩人」！有多少諷刺、感慨、悲劇的意味，隱含在這幾個字的背後！當時如何如何，而今安在？使人不禁越想越恐怖。我們真不應該只以做「當時的」、「時髦的」作家或詩人為滿足，只寫出當時流行的作品，我們的眼睛，實在應該再看得遠一點，我們該看到的是未來，注意的是永恆，追求的是不朽。我們實不該為了一時的名利沾沾自喜，或一時的失敗嗒然若喪。

如何才能使作品具有永恆的價值，獲得不朽的生命，而在未來的歲月中，依然對萬千讀者有深刻的影響呢？這便不得不檢查你自己內心的庫藏，看看其中儲存著對人類、對世界豐富深厚的愛與同情沒有？一篇有價值的作品，必是來自一個充滿了高貴情感的靈魂，一個人對一切懷著愛心，充滿了悲憫的人，才能寫出真正感人的作品，所以，我們說，文藝作品主要的基調當是博愛與同情。

一個心頭充滿了憎恨、厭惡或是冷漠寡情的人，他的作品中已是滲進了毒素，那將「侵蝕了讀者的心靈，也侵蝕了它自己的篇頁」。一篇偉大的不朽的作品，必須是充滿了人類愛和同胞愛的，像狄更斯，像雨果的作品中，莫不閃爍著愛的光輝，有一個作家即曾說過：「藝術應當剷除強暴，而且唯有它才能做到，它的使命，是要使愛來統治一切。」世界上已經有許多不朽的文藝名著寫出來了，將來還有無量數的偉作產生，不論它們的內容情節是多麼不一樣，它們的中心思想與結論則永遠是一個：愛與同情。

從事文藝寫作的態度，不外「忠實」二字，文學作品所表現的，是真實的情操，所以，「忠實」乃是寫作的要訣，因為如果寫作的態度不夠忠實，不夠認真，則無法表達作者的真實情操。王國維曾經說過：「詞人之忠實，不獨對人事宜然，即對一草一木亦須有忠實之意，否則所謂游詞也。」所謂對一草一木忠實，亦即作者對所抒寫的草木及任何對象，皆懷著感情，如此則芳草、鳴禽、流水、夕陽都與作者通情愫、共哀樂，這一點，也是西洋的一些作家們所強調的，記得英國女作家瑪利．韋伯的傳記中有一句話：「她的脈管裡流動著的是紫羅蘭的汁液。」何以說她的脈管裡有紫羅蘭的汁液呢？這無非說她與自然界的生物也有著深刻的愛與同情而已。瑪利．韋伯自己更說過：「當那老樹被砍折，我的心也碎為片片。」也是說她與草木能同心共感，如果不能如此，一個作家的文章中也只能充滿了王國維氏所說的「游詞」，那指的是空洞浮泛之詞、游離之詞，不是以真性情道出的，如果一篇文章中充滿了這樣的游詞，讀者自然不會受到什麼感動的。所以，理想的優美的作品一定要一字一句出自肺腑，發自衷心。文藝作品是什麼？是心靈與心靈的對話。當讀者熱心的傾聽著你的時候，你竟不以真實的心曲向他傾訴嗎？這中間不容有一絲謊騙一絲矯飾，也不能有一絲謊騙、一絲矯飾。

另外，從事文藝創作的人，應該有耐苦的美德，一件藝術品的產生——一支曲子、一幅畫、一首詩，如果它具有不朽的價值，絕不是很草率很容易的產生出來的。創作它們的人，也許可以說是天才，但天才是什麼，嚴格的說起來，不過是「長期耐苦」的另一說法而已。當初，佛羅貝向那個才學習寫作的莫泊桑說：「可是，年輕人啊，千萬不要忘記這個吧，才能只是一種悠長的耐性——用功吧。」天才是悠久的耐性，這是佛羅貝的自艱苦的寫作歷程中體驗出的一句話，是值得我們仔細玩味的。

還有人曾說過，藝術之神是最妒忌的，這話的意思是說，如果你想博得藝術之神的青睞，你就得拋棄了一切，等到你一無所有，幾陷絕境，一片空冷之中，你會聽到文藝女神走上你那顫搖的樓梯板。我國從前有一句話說：「文章窮而後工」，這「窮」字，指的並非只是「沒有錢」，更包括有「日暮途窮」的意思，當一切的夢想理想都歸於幻滅時，精神上唯一的宣洩便是寫作，好像悲多汶曾經說過：「野心沒有了，愛情沒有了，剩下只是力！」這力便是靈魂的力量，世間的一些歡樂都會削弱了它，而苦難卻會使它加強，當環境在積極折磨你的時候，便是最有利於你寫作的時候，便是你靈魂的力量昂揚澎湃的時候，便是你的寫作才能飽和、開花的時候。

要想在文藝上有所成就嗎？那麼就拋開一切。追隨著文藝女神走上前去吧。不怕孤獨，安於貧困，不憂匱乏，更坦然的，鎮定的應付一切苦難的挑戰。雖然也有些例外，但許多偉大的作品，是一個作家在貧窮中孤獨中，創作出來的，有時候，他失去了安慰，不得溫飽，寂寞難堪，無可告訴，踽踽獨行於人生的曠野，生命有如一片可怕的空白，這時候，創作的靈焰，往往便閃現出極其璀璨的火花，那股潛伏已久，不屈不撓的生命力突然間噴激昇華，這時，一個作家倘孤注一擲的將靈魂的全部強力都放在作品上，往往會成為震鑠古今的不朽巨構。所以，有一個作家說：「每一件作品，皆是由一個藝術家孤獨中創造出來的，他在辛苦的工作著，也許忘記了其他一切的存在，跳動著的心，搜覓著的眼睛，貧窮、需要、希望、憂懼，是他的活模型，這些都是他的靈感，藝術家在他的作品中找到了出口，表現他的合宜的特性，這是與他的力量成正比的。」

《波華荔夫人》那部小說，我想有很多朋友都已讀過了，這部書的作者佛羅貝的傳記中，有一段說到他寫作此書的過程，讀來每使我感動得熱淚盈眶，記得其中有一段如此記敘著：

經過六年的辛苦伏案，六年的折磨人的心理上的痛苦，寫出了這部《波華荔夫人》，當佛氏在一八五一年才自近東回後，立即坐在珂羅塞的小屋裡，在寂寞孤獨之中，開始他的寫作，那時候，他還不到三十歲，當那書於一八五七年問世時，他已經三十六歲了。

這是一段多麼純樸而平實的描寫，但卻是多麼的動人！佛羅貝的傑作是在簡陋的小屋裡寫成的，我國曹雪芹的《紅樓夢》是在破廟裡寫成的，小屋破廟又有什麼關係！記著，文藝女神是一個貪婪的主人，她索求你的一切，必要的時候，甚至於我們得連生命都獻給她，在一片淋漓的墨痕之外，更用一腔鮮血來解釋對她的忠誠與愛戀！

由於作者為作品受盡了苦辛，讀者才在那字裡行間發現了愉快，作者寫文章的過程，好似製葡萄酒的過程，葡萄經過一番壓榨，飲者才能享受那甘美的汁液。有人曾經寫過這樣的一個公式：作者在作品中付出的，等於讀者在作品中獲得的。你願意引起讀者大眾的共鳴嗎？你得先彈奏你心靈的歌曲，用你的苦痛換取讀者的愉悅與讚賞。天下絕無不勞而獲的事情，你要獲得，必先付與。

文藝作品的最顯著的特徵，就是獨創。當然，在文藝習作的過程中，少不了揣摩——揣摩名家的作品，但這揣摩，絕不是抄襲，而是學習，曾經有一個哲學家說過：藝術作品中的「新」，是自「舊」中脫穎而出，這便是說研究過去時代留下的傑作，諳習其妙處與技巧，自己的作品中才能閃發出新異的光輝。別人的藝術技巧，經過作者自己的天才的溶化，而改呈了一個新面目，這便是揣摩與創作二者的關係。一件藝術的創作裡面所表現的精神總是作者自己的，一個天才作家的特徵，就是能在他的作品中，加蓋上塗抹不去的自己的圖章。這個圖章裡面，有他當時的時代精神、民族特質、地方色彩、生活動態、自己的靈魂，這樣，他的作品中便閃發出一種獨特的美，這也就是歌德所說的「獨特的藝術」。

文藝作品中，絕對要富有時代的意義（表現時代，同時，超越時代），它是絕不能脫離了時代而騰空、高蹈的，愛默生曾經說過：「倘時代精神征服了藝術家，而由其作品中能發現出時代精神的表象時，這作品中便保留著某種雄偉的特質，對於後世欣賞這作品的人，它代表著不知的(unknown)，必然的(the inevitable)，與神聖的(the divine)。」因而能永遠流傳，為人吟誦不絕。

所以，要想在文藝創作上得到成功，不應企圖自時代及環境中逃避，反之，應挺身而出，接受大時代波濤的洗禮，使自己的脈搏與大時代的脈搏一同跳躍，心靈與全人類的心靈相通。如此他才能寫出一篇反映世相，反映群相的作品。文學本來是人間的東西，一個作家，應該走在時代的前面，勇敢的接受現實生活給予他的一切，不論是快樂也好，苦難也好，他應該有那份勇敢來接受它，來嚐味它。像德國的名作家雷馬克因為參與過第一次世界大戰，才寫出了那本動人的《西線平靜無戰事》，而如奧國的作家高斯蒂落，如果不是由於本身的經驗，一定寫不出那部著名的小說《昏黑的日午》，同時，我們當然也都記得左拉為了寫小說而到洗衣店做工的故事，所以，一個作家，如想在寫作上有成就，一定要做個智者——仔細的去研究、觀察，而徹底了解人生的底蘊；要做個勇者——勇於接受人生一切的苦難，一切的折磨；要做一個聖者——敢於犧牲，為了對人類的愛而戴上荊棘的刺冠。

文藝創作的過程，可以簡單的分作三個步驟，一是觀照，二是發現，三是再造。觀照，指的是我們欣賞觀覽外物。發現，是以我們內心的光輝，照耀出物象的內蘊。再造，即是將作者的精神和生命，注入所觀照的素材之中，這很像《聖經》中〈創世紀〉中所敘述的——造物主輕輕的向所造的泥人吹一口氣，而將生命注入其中，使祂創造的小宇宙及其中的人物都成為活生生的。

在觀照中，需要作者的智慧，在發現與再造中，需要作者的想像力——這想像力實在是很要緊的，哲學作家斯瑞曾經說過：「藝術家要在想像的熔爐中，熔化堅硬的事物素材。」同時，莎士比亞也曾有如下的說法：

詩人的眼睛，在神奇的狂悖中轉動，
便能從天上看到地下，從地下看到天上，
並且，想像會呈現出不可知的事物之形。
詩人的彩筆
再予以如實的形象，虛幻的莫須有之物，
也會有了居處同名堂。

這一段話，整個的描述出想像力的神奇。因為有了想像力，作者才能自靜的素材中，汲取了動的生命。

將創作的過程分作觀照、發現與再造是西洋作家的說法，我國的學者，對創作的過程，也有類似的解釋：「詩人對於宇宙人生，須入乎其內，又須出乎其外，入乎其內，故能寫之；出乎其外，故能觀之；入乎其內，故有生氣；出乎其外，故有高致。」所以，一個文藝作家，實際上應該有「跳躍」的本領，時而潛入物內，時而縱身物外，如此才能寫出優美動人的文章來，不僅能表現出物象的形態，且能抉發出人生的精髓。

總而言之，創作之路，實是一條苦路，創作之門，確是一道窄門，創作之峰巔，是峻高難攀的，我們在創作藝術上的追求與探尋是無止境的，它需要人的精神集中，生死以之。跋涉復跋涉，追尋復追尋，到了最後的一刹那，我們也許看到文藝女神的背影。

說到這裡，我卻想到英國的散文作家吉辛的話，他說：「當我瀕危之際，最後閃現於我的腦際的，便是照耀在英國草原上的一片陽光。」這幾句話，說明了作家對祖國的愛，對自然的愛，對美的愛。雖然文句很簡單，但是越讀越使人感動，讓我們也模仿他吧，使我們對祖國的熱愛，對美的熱情，燃燒筆端。這以外，在目前這個大時代中，我們，每一個執著筆的朋友，更應該熟記譚嗣同對梁啟超的話：

「讓我以血，你以筆來喚醒大家吧。」

用筆蘸著血以喚起同胞，挽救國族的危亡，這是時候了，朋友們，讓我們共勉完成這神聖的大業！

北窗下

張秀亞／著

一扇向北的小窗，為心靈繫上想像的翅翼，一泓曲澗、一枚小石、一片綠影，醞釀成一篇篇的飄逸情思。張秀亞女士在窗內捕捉璀璨的意象，於窗外尋繹人生的啟示。她的文字，有掇拾記憶與自然的喟嘆、洞徹人性及真理的光輝，洋溢著動人的芬芳。她用深富哲思的文筆，樹立抒情美文的典範。

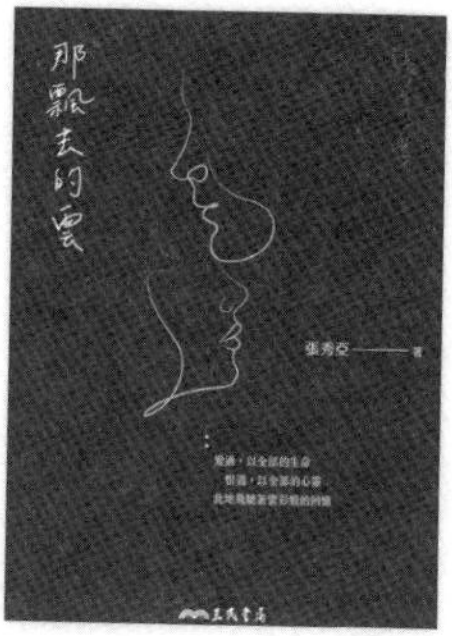

那飄去的雲

張秀亞／著

本書收錄十六則小說，捕捉縹緲的情愛絮語，或憂或喜，都在傾刻流洩的一念之間；描寫稚子翻騰真摯的小小願想，晶瑩動人。筆鋒融合東方抒情傳統與西方現代主義風格，對細節的捕捉、幽微氛圍的營造極其敏銳，從她的筆端真誠不矯的映射出「每個人心中被愛情五味酒浸透的歲月」是如何「掙扎著站了起來，跨出了夢境的門檻」……

我與文學

張秀亞／著

你是否終日為生活所需而忙碌？你有多久不曾留意身邊的人事物？「美文大師」張秀亞女士以美善的心靈、細膩的情思、優美的文字寫成這本《我與文學》。它將開啟你的心靈，讓你以新的眼光來看待身邊的一切，發現日常的美麗輪廓。

國家圖書館出版品預行編目資料

愛琳的日記／張秀亞著.——二版一刷.——臺北市:
三民，2021
面；　公分.——（張秀亞作品）

ISBN 978-957-14-7205-8（平裝）

863.55　　110007829

張秀亞 作品

愛琳的日記

作　者	張秀亞
發行人	劉振強
出版者	三民書局股份有限公司
地　址	臺北市復興北路 386 號 (復北門市) 臺北市重慶南路一段 61 號 (重南門市)
電　話	(02)25006600
網　址	三民網路書店 https://www.sanmin.com.tw
出版日期	初版一刷 1958 年 5 月 初版五刷 2011 年 10 月 二版一刷 2021 年 6 月
書籍編號	S850320
ISBN	978-957-14-7205-8

三民書局